Friedrich Bornemann
Kunst voller Mord
Niederrhein - Krimi

Friedrich Bornemann lebt in Perrich, einem kleinen Dorf am linken Niederrhein. Nach einem vielseitigen Berufsleben, unter anderem als Dipl.-Finanzwirt, Musikschullehrer und Journalist, schreibt er jetzt spannend-unterhaltsame Niederrhein-Krimis.

Friedrich Bornemann
Kunst voller Mord
Niederrhein - Krimi

Die Handlungen und Personen in diesem Roman sind frei erfunden. Etwaige Ähnlichkeiten mit lebenden oder toten Personen sind zufällig und nicht beabsichtigt.

© Copyright by Friedrich Bornemann Juni 2012
Satz, Layout und Umschlaggestaltung: Friedrich Bornemann
Herstellung und Verlag: Books on Demand GmbH, Norderstedt
ISBN: 978-3-8482-0812-8

*"Schach ist ein See, in dem eine Mücke baden
und ein Elefant ertrinken kann."*
(indisches Sprichwort)

Teil I

Geistesgegenwart
Verschwunden
No-Name
Blue ball
Kleine Laster
Reibeisen
Weseler Trichter
Störungsstelle
Freie Geister
Unstimmigkeiten
Ballermann
Beobachtungen
Rollenwechsel
Fette Beute
Schaakmat
Lebensretter

Geistesgegenwart

„Ah, du bist also wieder draußen?" Die Stimme am anderen Ende der Leitung war ein wenig rau und sehr leise; es klang so, als ob der Anrufer sich beim Sprechen anstrengen musste. Beo Wulf lauschte noch einen Moment, aber es kam nichts mehr.

„Hallo?", fragte er dann. „Mit wem spreche ich?"

„Das weißt du doch ganz genau!", wisperte die Stimme, die Beo irgendwie bekannt vorkam. Trotzdem hatte er nicht die geringste Ahnung, mit wem er sprach.

„Wieder draußen? Was meinen Sie damit?", fragte Beo.

„Bei unserm letzten Zusammentreffen haben wir uns noch geduzt", entgegnete der unbekannte Anrufer. „Du wirst doch deinen alten Freund Maarten nicht vergessen haben?"

„Maarten? Kenne ich nicht. Vermutlich haben Sie falsch gewählt."

„Ich bin immer sehr sorgfältig bei der Wahl meiner Gesprächspartner. Diesmal habe ich ganz gezielt Beo, also Bengt Ole Wulf, gewählt. Was meinst du, wie viele Beos es in Wesel gibt? Oder am gesamten Niederrhein? Ich kenne außer dir jedenfalls nur noch die Beos im Duisburger Zoo; die sind allerdings wesentlich gesprächiger als du."

„Was soll der Unsinn? Wer sind Sie? Ich kenne keinen Maarten." Beo wollte gerade auflegen, als er noch „Aber die haben eine Gemeinsamkeit mit dir" hörte. „Die stehen nämlich auch auf der Liste der gefährdeten Arten! So wie du! Heute noch zu besichtigen und morgen schon mausetot!" Beo hörte noch ein leises krächzendes Kichern. Dann legte der andere auf.

Beo hielt den Hörer noch in der Hand. Er runzelte die Stirn und dachte nach. Maarten? Welcher Maarten? Er kannte niemanden, der so hieß, außer einem niederländischen Schriftsteller. Einen Freund mit diesem Namen jedenfalls nicht. Die relativ kleine Gruppe von Mitmenschen, die er als wirkliche Freunde bezeichnete, konnte er gut überblicken. Da war kein Maarten dabei.

Die Stimme des Anrufers irritierte ihn. Sie erinnerte ihn an jemanden, aber er wusste nicht, an wen. Außerdem kam es ihm so vor, als wenn der Anrufer einen ganz leichten niederländischen Akzent gehabt hätte. Fast unmerklich, aber vorhanden. Der Vorname ‚Maarten' würde ja dazu passen.

Enna, die ihm an ihrem Schreibtisch gegenübersaß und damit beschäftigt war, die Weseler Tageszeitungen nach interessanten Nachrichten und günstigen Angeboten zu durchforsten, blickte ihn fragend an.

„Was war das denn gerade? Du siehst ja aus, als sei dir ein Geist begegnet."

„So etwas Ähnliches war das auch. Aber ich weiß nicht, was für ein Geist." Beo informierte Enna über den Inhalt des Telefongesprächs, das sie nur zum Teil mitbekommen hatte.

„Du kennst diesen Maarten wirklich nicht?", fragte sie dann.

„Ich habe keinen Schimmer. Mir fällt kein Maarten ein, mit dem ich jemals zu tun gehabt hätte. Und der Typ hat gesagt, dass er ein alter Freund von mir wäre. Das kann schon gar nicht sein."

„Dann hat er sich wahrscheinlich doch verwählt", vermutete Enna. „Komm, lass uns Pause machen und einen Kaffee trinken."

„Guter Vorschlag", stimmte Beo zu. Aber die Wolken in seinem Gesicht waren noch nicht wieder verschwunden.

Enna ging in die Küche, um den Kaffee zuzubereiten. Sie machte das diesmal freiwillig. Normalerweise gab es – wenn sie beide zu Hause waren - immer einen kleinen scherzhaften Disput darum, wer Kaffeedienst hatte.

Seit Kurzem hatten sie eine neue Kaffeemaschine, die mit Pads gefüttert wurde. Natürlich nicht mit irgendwelchen Pads. Beo hatte die aromatischste Kaffeesorte in einer ausgedehnten Testreihe ermittelt. Mehr als zehn unterschiedliche Fabrikate und Geschmacksrichtungen waren immer wieder probiert und miteinander verglichen worden, bis schließlich die ultimative Sorte übrig geblieben war. „Genau die!" war es und keine andere.

Beo bevorzugte seinen Kaffee schwarz, ohne Milch und Zucker. Enna trank lieber Milchkaffee im Becher mit viel Schaum obendrauf. Wer gerade dran war, versuchte dann jedes Mal, die oder den anderen mit einer noch kunstvolleren Schaumkrone auf Ennas Kaffee zu übertrumpfen.

Verschwunden

Beo war beruflich schon seit ein paar Wochen mit einem größeren Fall beschäftigt, der ihn stark in Anspruch nahm. Ein bekannter Lebensmittel-Discounter hatte ihn beauftragt, in seinen unzähligen Filialen am gesamten Niederrhein verdeckt zu ermitteln. Seit zwei Jahren war gerade in dieser Region ein ungewöhnlich hoher Warenschwund festgestellt worden, der das in den Verkaufspreisen ohnehin einkalkulierte statistische Mittel von etwa einem Prozent des Gesamtumsatzes erheblich überstieg. Im vergangenen Jahr hatte dieser zusätzliche Verlust mehr als 1,2 Millionen Euro ausgemacht. Die Ursachen dafür sollten aufgedeckt werden, um zukünftig noch bessere Betriebsergebnisse erzielen zu können.

Beo hatte sich vor seinem Einsatz natürlich kundig gemacht. Er wusste, dass die ‚Inventurdifferenzen', wie der Warenschwund offiziell bezeichnet wurde, allein in Deutschland jährlich 5 Milliarden Euro ausmachten. Ursächlich dafür waren etwa zur Hälfte Diebstähle von Kunden - vom einzelnen Gelegenheitsdieb bis zu organisierten Banden. 27 Prozent ließen unehrliche Firmenmitarbeiter mitgehen. Und der restliche Schwund entstand durch Fehler bei den Lieferanten.

Für Beo war besonders interessant, was denn so alles ‚geklaut' wurde. Während in den früheren Jahren vorwiegend hochpreisige Markenprodukte begehrt gewesen waren, ging der Trend aktuell mehr zu den preiswerteren Handelswaren. Dadurch war nun ein wesentlich breiteres

Warensortiment betroffen.

Besonders beliebt waren Weine und Spirituosen, Kosmetik, Haarfärbemittel, Mode-Accessoires, Kinderbekleidung, Haushaltsartikel und Lebensmittel; bei den Letzteren besonders Fleisch- und Käseprodukte.

Beo war als ‚neuer Mitarbeiter zur Probe' in die einzelnen Filialen eingeschleust worden. Von den Filialleitern hatte er sich die Einsatzpläne geben lassen, um die Verkäuferinnen und Verkäufer unbemerkt innerhalb und außerhalb der Verkaufsräume beobachten zu können.

Er hatte in jeder einzelnen Filiale eine Zeit lang gearbeitet und dabei den Weg der Waren von der Anlieferung bis zur Abrechnung an den Kassen genauestens verfolgt. Besonders die Kassiererinnen und Kassierer hatte er tagelang – für sie unsichtbar aus dem Filialleiterraum – unter die Lupe genommen. Beo wusste, dass es gerade an ihrem Arbeitsplatz eine Vielzahl von Manipulationsmöglichkeiten gab: Rückerstattungen ohne zurückgegebene Artikel oder ohne Kunden, nicht genehmigte Preisnachlässe für Kunden, Verwandte oder Freunde oder Annullierungen verkaufter Artikel ohne Wissen der Kunden.

Bisher hatte Beo lediglich festgestellt, dass alle Beschäftigten, von der Aushilfskraft bis zur Filialleitung, stark eingespannt waren; oft bis zur Grenze ihrer Möglichkeiten. Aber alle schienen trotzdem gewillt und eifrig bemüht, zum Erfolg ihres Unternehmens und damit zum Erhalt ihres Arbeitsplatzes beizutragen. Ungewöhnliche Vorgänge waren ihm nicht aufgefallen; nicht einmal die illegale Verwendung von Leergut-Bons, über die vor einiger Zeit groß in den Medien berichtet worden war. Beo hatte bereits einen ganzen Ordner mit Daten, Tabellen und Fotos, die mit einer verdeckten Kleinstkamera entstanden waren, und Berichten gefüllt. Dafür war er mehrfach kreuz und quer durch die Lande gefahren; der gesamte Niederrhein von Emmerich bis Grevenbroich war ihm inzwischen ziemlich vertraut.

No-Name

Den merkwürdigen Anruf des heiseren Unbekannten hatte Beo längst wieder vergessen, als sich im Karstadt-Restaurant ‚Le Buffet' im Duisburger Forum - hoch oben im dritten Stock auf der Dachterrasse, wo er sich mit Enna zur Mittagspause verabredet hatte - sein Handy bemerkbar machte. Beo nahm das Gespräch an, und sofort hatte er wieder die unverkennbare raue Stimme im Ohr: „Ah, du arbeitest! Oder besser: Du bist gerade mit dem beschäftigt, was du arbeiten nennst. Tassenscheppern, fröhliches Stimmengewirr: Klingt nach einem Café. Lass mich raten: Du sitzt gerade gemütlich unter einem Sonnenschirm und trinkst einen Espresso."

Beo hörte ein leises, krächzendes Kichern. „Kein Sonnenschirm und kein Espresso, sondern Kaffee", sagte er dann. Unmittelbar danach ärgerte er sich, dass er überhaupt auf den unbekannten Anrufer eingegangen war.

„Ah, immer noch der alte Sonnenanbeter! Hast früher schon gern in der Sonne gelegen und im Pool herumgeplanscht. Du hast inzwischen bestimmt auch ein Solarium zu Hause", vermutete der Anrufer.

„Das geht Sie einen ... Wer ist denn da überhaupt?", fragte Beo. „Ich habe keine Lust, mich mit jemand zu unterhalten, den ich nicht kenne und der seinen Namen nicht nennt."

„Habe ich dir doch schon beim letzten Mal gesagt: Du sprichst mit deinem alten Freund Maarten. Das muss genügen. Einen Hausnamen braucht Maarten nicht. Aber nach dem hast du damals ja auch nicht gefragt."

„Wann damals? Wovon reden Sie?"

„Stell dich nicht dümmer an, als du bist. Du weißt genau, wovon ich rede."

„Nein, weiß ich nicht. Ich lege jetzt auf. Das ist mir alles zu dumm!"

„Halt!", sagte der unbekannte Anrufer rasch. „Bevor du auflegst: Du solltest dich ganz schnell wieder daran erinnern, dass du mir und den anderen Freunden etwas schuldig bist. Ich sage nur: ‚eins Komma zwei Millionen'. Na, klickert es allmählich?"

Bei Beo klickerte nichts. Und ihm wurde es jetzt wirklich zu dumm. Er legte auf, ohne ein weiteres Wort zu sagen.

Er beschloss, sich einen zweiten Kaffee zu holen. Enna hatte keine weiteren Wünsche, nachdem sie ihren Latte macchiato und ein Stück Obsttorte mit Sahne verputzt hatte.

„Ich darf nichts mehr. Ich muss abnehmen", sagte sie.

„Schon wieder?", fragte Beo etwas ungläubig. „Du hast doch gerade eine Diät hinter dir."

„Das ist schon mindestens zwei Wochen her", antwortete Enna. „Bei mir hält das eben nicht so lange vor wie bei dir. Du hast es gut. Kannst essen und trinken, was du willst, und nimmst nicht zu."

Beim Weg über die Terrasse zum Restaurant im Innern des Gebäudes fiel Beo ein dünner älterer Mann auf, der allein am Rand der Terrasse unter einer kleinen Palme saß und anscheinend schlief. Er machte mit seinen löcherigen, verbeulten Jeans und der verwaschenen dunklen Jacke einen etwas ungepflegten Eindruck. Ziemlich neu sah dagegen seine gelbgrüne Schirmmütze aus, die fröhlich in der Sonne leuchtete. Das Gesicht des Mannes konnte Beo nicht erkennen, weil der Kopf im Schlaf nach unten gerutscht war. Sein Kinn ruhte auf der Brust. Irgendwie sah der Mützenmann ganz klein aus. Das lag sicher auch an der ‚Goldenen Leiter', dem neuen Wahrzeichen der Duisburger Innenstadt, die rechts hinter ihm hoch in den Himmel ragte. Beo hatte darüber gelesen, dass die mit Blattgold belegte Stahlskulptur des Münchener Künstlerduos Brunner und Ritz als Symbol für die Verbindung zwischen Himmel und Erde gedacht und insgesamt 65 Meter hoch war. Davon war hier oben zwar nur etwa die Hälfte zu sehen, aber auch die war noch beeindruckend hoch.

Beo kehrte mit seinem Kaffe zurück. Er setzte sich wieder in seinen bequemen braunen Korbsessel.
„Weißt du noch, als wir zum ersten Mal hier oben saßen?", fragte er.
Enna lachte. „Ja sicher. Das war ganz schön peinlich!"
Bei ihrem ersten Besuch auf der Dachterrasse hatten Enna und Beo die Stühle zuerst gar nicht bequem gefunden, bis sie bemerkt hatten, dass sie auf den nach vorn heruntergeklappten Rückenlehnen saßen. Das hatte für einige Heiterkeit gesorgt. Ein paar Gäste an den Nachbartischen hatten amüsiert zu ihnen herüber gegrinst.
„Dann hat aber einer von ihnen zugegeben, dass ihm das beim ersten Mal genau so passiert ist", sagte Enna.

Blue ball

Beo konnte sich gut daran erinnern, dass Enna und er sich damals anschließend mit verschiedenen Leckereien aus dem Angebot der Le-Buffet-Gastronomie entschädigt hatten. Enna hatte sich einen opulenten Eisbecher zusammengestellt, der besonders durch die kräftig-blaue Schlumpf-Eis-Kugel ins Auge gefallen war, aber auch hervorragend geschmeckt hatte. Beo, der normalerweise nur einen Kaffee oder – bei besonders schönem Wetter – auch schon mal einen Eiskaffee trank, hatte sich zu einem Cappuccino und einem Stück ‚Apfelkuchen Spezial' hinreißen lassen. Das hatte er allerdings auch nicht bereut.

Jetzt grübelte er - bei seinem zweiten Kaffee - vor sich hin. ‚Eins Komma zwei Millionen' hatte der merkwürdige Anrufer gesagt. Das entsprach genau dem Betrag, den Beo von seinem Auftraggeber gehört hatte. Eigentlich sollte niemand über seinen Einsatz für den Lebensmittel-Discounter informiert sein. Woher wusste der Anrufer davon?

Als Beo seinen Kaffee ausgetrunken hatte, schlug Enna vor, noch ein halbes Stündchen durch die Duisburger Innenstadt zu laufen.

Wenig später umrundeten sie am Schnittpunkt der König- und Düsseldorfer Straße den unübersehbaren ‚Lebensretter'-Brunnen, der von der Bevölkerung gern auch als ‚Geier von Duisburg' bezeichnet wurde. Beo mochte das etwas korpulente vogelähnliche Fabelwesen, an das sich eine weibliche Figur klammerte.

Plötzlich sah er den Mützenmann von der Dachterrasse wieder. Der stand jetzt an einem Zeitungskiosk und beschäftigte sich offenbar intensiv mit den neuesten Meldungen. Er hatte Beo den Rücken zugedreht und stand im Schatten, sodass man ihn kaum wahrnehmen konnte. Aber die gelbgrüne Mütze hob sich deutlich von dem dunklen Hintergrund ab.

Beo sagte „Warte mal einen Moment" zu Enna und machte eine zweite Runde um den Brunnen. Aber als der Kiosk wieder in seinem Blickfeld auftauchte, war der Mann verschwunden. Beo ging zu dem Kiosk und kaufte sich eine *Frankfurter Allgemeine*. „Kennen Sie den Mann, der hier eben gestanden hat?", fragte er beiläufig den Verkäufer.

„Meinen Sie den Penner?"

„Ich meine den älteren Mann mit der bunten Schirmmütze", sagte Beo.

„Nein, den kenne ich nicht. Aber der war in den letzten zwei, drei Tagen schon öfter hier. Er hat jedes Mal die Überschriften in den Tageszeitungen studiert."

„Und dann?", wollte Beo wissen.

„Dann ist er wieder gegangen. Mehr weiß ich auch nicht von ihm."

„Okay", sagte Beo. „Danke." Er schlenderte mit Enna die Königstraße entlang in beide Richtungen, in der Hoffnung, dem Mützenmann noch einmal zu begegnen. Aber der blieb verschwunden.

Am König-Heinrich-Platz bogen die beiden nach links ab, gingen an der Mercator-Halle vorbei und blickten dann auf das Stadttheater mit seinem neoklassizistisches Gebäude und dem weithin sichtbaren Schiller-Zitat im Giebel: ‚*Mit all seinen Tiefen, seinen Höhen roll ich das Leben ab vor deinem Blick. Wenn du das große Spiel der Welt gesehen, so kehrst du reicher in dich selbst zurück.*'

Beo und Enna hatten hier einige unvergessliche Theateraufführungen erlebt. Vor allem eine Posse mit Gesang war ihm in guter Erinnerung: ‚Einen Jux will er sich machen' von Johann Nepomuk Nestroy. Über die Hauptfigur, den ‚Weinberl', hatten sie sich köstlich amüsiert. Den hatte damals ein junger Nachwuchsschauspieler gegeben, dem danach im Feuilleton mehrerer Zeitungen eine große Zukunft vorausgesagt worden war.

Die Erinnerung an die Aufführung konnte jedenfalls noch heute Beos gedrückte Stimmung ein wenig aufhellen. Vollends gelang das dann einem Werbespruch, den er auf dem Rückweg zum Parkhaus im Schaufenster einer Schlachterei an der Düsseldorfer Straße entdeckte: ‚Frische Ferkeleien'. Das war eine Wortspielerei nach Beos Geschmack. Er lachte so laut, dass sich mehrere Leute erstaunt nach ihm umdrehten.

Kleine Laster

Enna hatte sich entschlossen, die Gelegenheit zu einer ausgedehnten Shopping-Tour in Duisburg zu nutzen. Sie hatte schon öfter festgestellt, dass man dort alles fand, was das Herz begehrte. Und so kehrte sie jedes Mal schwer bepackt mit diversen Einkaufstüten und -kartons zurück.

Beo gönnte ihr dieses Vergnügen. Er war viel unterwegs, und so hatte Enna einen kleinen Ausgleich für seine ständige Abwesenheit.

Als Enna mit ihrer Beute zum Auto zurückkam, hatte sie Probleme, alles zu verstauen. Beo hatte ihr erst kürzlich seinen Wagen überlassen, nachdem er sich einen wesentlich größeren Audi zugelegt hatte. Der kleine sportliche Daihatsu Copen war für die vielen Kilometer, die er inzwischen fast täglich zurücklegen musste, einfach zu unbequem geworden.

Enna hatte den Copen, der schon Seltenheitswert besaß, weil er nicht mehr gebaut wurde, immer bewundert. Ihr Fiat 500 hatte zwar für ihre Bedürfnisse ausgereicht. Jetzt hatte sie sich aber gern von ihm getrennt und ihn an eine Freundin weiterverkauft.

Der Copen war ein wunderbares Auto: klein, sportlich, bei gutem Wetter offen. Genau das Richtige für Enna. Nur für ihr Gepäck hätte sie auch diesmal eigentlich einen zusätzlichen Anhänger gebraucht. Glücklicherweise kam ihr im Parkhaus ein älterer Mann zu Hilfe, der nur einen kurzen Blick auf ihre Bestände warf und dann

ruckzuck alle Kartons und auch die allerletzte Trageta-
sche in dem kleinen Auto unterbrachte. Enna bedankte
sich bei ihrem Helfer, der ihr mit seiner gelbgrünen
Schirmmütze fröhlich nachwinkte, als sie das Parkhaus
verließ und nach Hause startete.

Der Rückweg von Duisburg nach Wesel war seit einiger
Zeit etwas problematisch, weil an der Autobahnzufahrt
am Duisburger Bahnhof gebaut wurde. Enna konnte sich
sehr schlecht Himmelsrichtungen und Strecken merken.
Deshalb war es jedes Mal ein kleines Lotteriespiel, wo sie
in welche Richtung auf welche Autobahn kam. Da nützte
ihr auch ihr Navy nichts, weil das schon etwas älter war
und diese Großbaustelle konsequent ignorierte.

Als Enna endlich das Kreuz Duisburg-Nord überquer-
te und wusste, dass sie auf dem richtigen Weg war, schob
sie eine CD von Lady Gaga in den Player rollte gemütlich
in Richtung Wesel.

Reibeisen

Am nächsten Morgen klingelte das Telefon. Enna nahm ab: „Privatdetektei Wulf. Guten Tag. Was kann ich für Sie tun?" Sie horchte einen Moment. Dann sagte sie etwas unwillig: „Hallo? Wer ist denn da?"

Wieder lauschte Enna. Dann sagte sie: „Ich lege jetzt auf."

Beo fragte: „Wer ist denn da dran?"

„Ich weiß es nicht", antwortete Enna. „Da meldet sich keiner. Ich höre nur so ein komisches Schnaufen."

Beo drückte auf die Mithör- und Aufnahmetaste. Auch er hörte das Schnaufen. Und dann – ganz leise: „Hier ist ein guter Freund Ihres Mannes. Bestellen Sie ihm, dass ich gerade dabei bin, eine kleine Überraschung für ihn vorzubereiten. Das wird seinem Gedächtnis hoffentlich ein bisschen auf die Sprünge helfen."

„Eine Überraschung?" fragte Enna. „Was für eine Überraschung?"

„Er wird schon etwas damit anzufangen wissen", flüsterte der Anrufer. „Und sagen Sie ihm, dass ich es sehr ernst meine. Er sollte mich nicht unterschätzen."

Enna grummelte: „Sagen Sie ihm das doch selber!" und legte auf.

Die Rufnummer des Anrufers war unterdrückt, also nicht erkennbar; aber wenigstens waren der Gesprächsinhalt und vor allem die Stimme des unbekannten Anrufers gespeichert. Beo hörte sich das Gespräch noch einige Male an. Wieder war ihm so, als ob er die Stimme schon einmal gehört hätte. Aber wann und in welchem Zusammenhang, das fiel ihm nicht ein.

„Ein komischer Typ", stellte Enna fest. „Was meinte er denn mit einer ‚Überraschung' für dich?"

„Ich habe keine Ahnung. Aber ich bin mir sicher, dass er mich verwechselt. Sonst müsste mir dazu doch irgendetwas einfallen." Und, nach einer kurzen Pause: „So senil bin ich doch noch nicht. Oder?"

„Ja also …". Enna tat so, als wenn sie nachdenken musste. Dann antwortete sie grinsend „Ich weiß nicht. Nachdem du kürzlich unseren Hochzeitstag vergessen hast. Das war schon ziemlich heftig."

Beo versuchte, zerknirscht auszusehen. „Ich hoffe, dass du irgendwann darüber hinwegkommst."

„Nicht, solange du die versprochene Einladung zu einem ‚fürstlichen Abendessen' noch nicht eingelöst hast. Aus der Nummer kommst du nicht raus."

„Ja, ist klar. Aber erst muss ich meinen Auftrag erledigt haben. Der nimmt mich ganz schön in Anspruch. Außerdem muss ich ja auch erst mal das Geld für das Abendessen verdienen."

„Du Armer. Dann arbeite mal schön. Sonst denkst du nur noch an deinen Freund mit der Reibeisenstimme. Den vergiss am besten ganz schnell!"

„Ja, du hast recht. Komm, ich habe bei meinen Recherchen einen leckeren Rotwein entdeckt und ein paar Flaschen gekauft. Den müssen wir jetzt unbedingt probieren."

"Überredet."

Die beiden zogen sich in ihr Wohnzimmer zurück. Im Vorbeigehen streifte Benno seine geliebte Hammond-Orgel mit einem bedauernden Blick. Für dieses Hobby hatte er im Moment weder Zeit noch Ruhe. Stattdessen legte er die neue Scheibe von Götz Alsmann ‚In Paris' auf. Die französischen Chansons in deutscher Übersetzung waren jetzt genau das Richtige, um die beiden auf andere Gedanken zu bringen. Und der edle Tropfen passte hervorragend dazu.

Weseler Trichter

Die Reinigungskräfte vor dem Weseler Bahnhof waren an diesem Tag früh dran. Es war Montag, und die Überreste vom Wochenende hatten sich wieder einmal besonders üppig ausgebreitet: Kartons, leere Flaschen, Scherben, Papier, Speisereste aus dem benachbarten Burger-Restaurant und mittendrin eine Schlafanzughose. Das Ganze war nach einem kräftigen nächtlichen Gewitterschauer zusätzlich gut durchgeweicht.

In dieses bunte Sammelsurium passten die knallgelben Gummistiefelsohlen, die aus einem der beiden Metalltrichter am Rande des Bahnhofsvorplatzes herausragten, ziemlich gut. Die Skulptur des Künstlers Edgar Gutbub war in der Vergangenheit schon öfter mit allen möglichen Accessoires dekoriert worden. Auch als Papierkorb oder Mülleimer hatte sie sich schon bestens bewährt.

Die beiden schräg aufeinander liegenden viereckigen Metall-Trichter forderten das geradezu heraus. Zumal auch Fachleute sich über die künstlerische Wirkung der eher spröden Stahlplastik von Anfang an keine Illusionen gemacht hatten. Und die Kommentare im politischen Bereich hatten damals von „äußerst schwer zu vermitteln" bis „Bügeleisen" gereicht. Die bei der Stadt Wesel Zuständigen hatten gehofft, dass der Respekt vor dem Kunstwerk im Laufe der Zeit wachsen würde. Jetzt war der Bahnhofsvorplatz inzwischen neu gestaltet und die Skulptur an einen geeigneteren Standort versetzt worden. Die Stahlröhren - eine innen gelb, die andere blau, symbolisch für Himmel und Erde – waren in diesem Zusammenhang gereinigt worden, und sie hatten innen auch einen neuen Anstrich erhalten.

Die beiden gelben Gummistiefel ragten sinnigerweise aus der blauen Röhre heraus. Die Reinigungskräfte hatten sich zuerst mit dem Unrat am Boden beschäftigt. Die Stiefel wollten sie sich wohl bis zum Schluss aufbewahren, wenn alles andere sich schon wieder in einem ordentlichen und sauberen Zustand befand.

Eine Mutter mit zwei etwa 10-jährigen Jungen kam aus der Bahnhofshalle. Sie überquerten den Platz. Als sie kurz vor der Skulptur angekommen war, rief einer der beiden: „Guck mal, Mama! Die gelben Gummistiefel. Die möchte ich haben!"

„Die kannst du nicht haben", erwiderte die Mutter. „Die gehören zu dem Denkmal. Das ist Kunst. Außerdem wären sie dir viel zu groß."

„Schade", nölte der Junge. Dann gingen sie weiter.

Wenig später schlenderte einer der Arbeiter ganz lässig an der Skulptur vorbei und griff nach den Stiefeln mit der Absicht, sie in einem eleganten Bogen in die Schubkarre zu werfen. Das klappte nicht. Die Stiefel leisteten völlig unerwartet Widerstand und ließen sich auch mit größerem Kraftaufwand nicht aus der blauen Röhre ziehen. Der Grund war nicht sofort erkennbar, weil die Öffnung der Röhre sich über dem Arbeiter befand und im Schatten lag. Er rief seinen Kollegen zu Hilfe. Mit vereinten Kräften gelang es ihnen dann, die beiden Stiefel nach und nach zum Vorschein zu bringen. Allerdings mit einem daran hängenden menschlichen Körper. Als das Ganze vor ihnen lag, sahen sie, dass es sich um einen Mann handelte, der offenbar tot war; Blut an Kopf und Kleidung und ein kleines dunkles Loch mitten in seiner Stirn ließen jedenfalls darauf schließen.

Der sofort alarmierte und wenig später eintreffende Notarzt bestätigte die Diagnose der Arbeiter: Der Mann war tatsächlich tot, offenbar erschossen.

Störungsstelle

Am folgenden Tag, mittags gegen vierzehn Uhr, wurde Beo durch einen Anruf seines Freundes Armin Brasche, Kriminalhauptkommissar bei der Kreispolizeibehörde Wesel, bei seiner Arbeit unterbrochen. Beo befand sich gerade außerhalb einer Discounter-Filiale in Neuss. Mit einer Flasche Bier in der Hand hatte er sich unter die kleine Gruppe von Obdachlosen gemischt, die sich dort regelmäßig am Einkaufswagen-Depot zu einem Plauderstündchen trafen. Von hier aus hatte er einen ungehinderten Blick durch die Fensterscheiben auf einen großen Teil des Ladens.

Beo entfernte sich ein paar Meter von seinen ‚Kumpanen' und erfuhr von Brasche, dass frühmorgens auf dem Weseler Bahnhofsvorplatz ein Toter entdeckt worden sei. Der habe in einer Metall-Skulptur gelegen und sei – jedenfalls nach den bisherigen Erkenntnissen – erschossen worden.

„Oh", bemerkte Beo grinsend. „Da musst du ja richtig arbeiten."

„Stimmt", sagte Brasche. „Aber du auch."

„Wieso? Braucht die Weseler Kripo wieder mal einen cleveren Privatdetektiv, um ihre schwierigen Fälle zu lösen?"

„Haha. Du wirst das gleich verstehen. Bei dem Toten haben wir nämlich einen kleinen Umschlag gefunden. In einer seiner Jackentaschen."

„Und? Was war da drin?"

„Außen stand ‚Gruß an Beo' drauf.

„Gruß an Beo?"
„Ja, genau das: Gruß an Beo."
„Und, was war denn nun drin?", fragte Beo gespannt.
„Innen steckte ein Zettel mit einer Strophe vom ‚kleinen Negerlein'."
„Welches kleine Negerlein?"
„Du kennst doch das Kinderlied: 10 kleine Negerlein?"
„Ja schon. Aber was hat das mit mir zu tun?"
„Das weiß ich auch nicht. Die Strophe in dem Umschlag lautet:

‚Vier kleine Negerlein,
die waren ein Quartett.
Dann ließen mich die Drei allein.
Das find' ich gar nicht nett!'"

„Hm", murmelte Beo. „Was soll das denn heißen?"
„Wenn wir das wüssten, wären wir schon ein Stück weiter."
„Wer ist denn der Tote?"
„Das wissen wir auch noch nicht. Er hatte außer seiner Kleidung nichts bei sich. Keine Papiere, kein Geld, einfach nichts."
„Und du meinst, dass dieser ‚Gruß an Beo' für mich bestimmt sein könnte?" Beo klang ein bisschen besorgt.
„Auch das müssen wir natürlich noch überprüfen. Aber mir ist auf die Schnelle kein anderer Beo eingefallen."
„Nett, dass du am mich gedacht hast". Beos Bemerkung sollte scherzhaft klingen, was aber nicht ganz ge-

lang. Dann sagte er ziemlich ernst: „Ich breche hier meine Zelte ab und bin in einer halben Stunde bei dir. Ich muss dir etwas erzählen. Aber nicht am Telefon."

„Wenigstens ein kleiner Hinweis?", hakte Brasche nach.

„Ein paar merkwürdige Anrufe in letzter Zeit. Mehr nachher."

„Gut, bis dann."

Freie Geister

(Einige Zeit zuvor ...)

Sie hatten sich beim Schachspielen kennengelernt. Beide waren begeisterte Anhänger dieser Denksportbeschäftigung, schon lange, bevor sie die gewohnten heimischen Umgebungen mit ihrem jetzigen Domizil vertauscht hatten. Zuerst waren sie sich hier nur gelegentlich beim Handball oder bei der Arbeit in der Küche über den Weg gelaufen. Seit einiger Zeit waren die regelmäßigen Schachabende aber feste, unverzichtbare Bestandteile ihres ansonsten nicht gerade abwechslungsreichen Daseins.

Pitter mochte den etwa 15 Jahre älteren Maarten, der immer gute Laune hatte und sich durch nichts aus der Ruhe bringen ließ. Das war hier, in der Gesellschaft von mehreren Hundert Schicksalsgenossen, keineswegs selbstverständlich. Eigentlich fühlte sich immer jemand ungerecht behandelt, übervorteilt, nicht ernst genommen. Und die meisten meinten, sich zu Unrecht hier in dem großen Amsterdamer Gefängnis aufzuhalten. Missverständnisse, falsche Beschuldigungen, Intrigen und schlampige Polizeiarbeit waren nach Ansicht der meisten Häftlinge ursächlich für ihren Aufenthalt in dieser staatlichen Versorgungsanstalt.

Maarten war anders. Er hatte sich offenbar mit seinem Schicksal arrangiert, versuchte das Beste daraus zu machen, beschäftigte sich mit allem Möglichen. So hatte er unter anderem eine Schachgruppe ins Leben gerufen und den gut frequentierten Literaturkreis ‚vrije geester' gegrün-

det.

Maarten konnte deutsche Texte zwar einigermaßen flüssig lesen, Deutsch sprechen dagegen nur etwas holprig. Das war aber beim Schachspielen mit Pitter nicht problematisch. Und zum Literaturkreis gehörten anfangs sowieso nur Niederländer. Daher wurden ausschließlich Werke von niederländischen Autoren oder ins Niederländische übersetzte Werke gelesen und diskutiert.

Maarten kannte auch einige Beispiele aus der deutschen Literatur, aber er hatte bisher nicht gewagt, diese im Literaturkreis vorzustellen. Als dann aber auch ein paar Deutsche in Maartens Literaturkreis mitmachen wollten, beschloss er, es auch mit deutscher Literatur zu versuchen.

Nachdem er eine Zeit lang vergeblich nach jemand gesucht hatte, der die deutsche Sprache gut beherrschte und Interesse an Literatur hatte, war ihm Pitter aufgefallen. Wenn der beim Schachspielen einzelne Spielzüge kommentierte, dann hate er fast immer ein genau passendes Zitat parat.

"Schach ist nicht <u>wie</u> das Leben, Schach <u>ist</u> das Leben". Mit diesem Satz des spanischen Dramatikers Fernando Arrabal hatte sich Pitter gleich beim ersten gemeinsamen Schachabend eingeführt. Maarten möchte die Zitate. Die meisten konnte er verstehen. Manchmal fragte er auch nach. Dann versuchte Pitter, sie ins Niederländische zu übersetzen. Meistens konnte er auch über die Urheber und ihre Werke erzählen. Maarten war immer wieder erstaunt über Pitters Literatur-Kenntnisse. Pitter war genau der Richtige für den Literaturkreis.

Als Nächstes vereinbarten die beiden, sich gegenseitig sprachlich auf die Sprünge zu helfen: Pitter sollte als Maartens Deutschlehrer fungieren, damit Maarten irgendwann nicht mehr nur zuhören und verstehen, sondern auch mitreden konnte. Im Gegenzug sollte Maarten Pitter in die Besonderheiten der niederländischen Sprache einführen.

Beide waren erstaunlich begabte Schüler, und beiden machte der Umgang mit der anderen Sprache großen Spaß. Maarten kannte bereits eine ganze Menge deutsche Wörter; er hatte aber heftig mit der Grammatik zu kämpfen. Und der niederländische Slang schimmerte überall durch, so sehr er sich auch bemühte, diesen abzulegen.

Pitter lernte sehr schnell. Er hörte sich die kompletten Sätze ein paar Mal an. Dann konnte er sie fast akzentfrei nachsprechen. Er war offenbar ein ausgeprochen auditiver Typ. Die niederländische Grammatik lernte er fast nebenbei. Hin und wieder erklärte ihm Maarten eine besondere Regel. Aber das war nur selten erforderlich.

Unstimmigkeiten

Beo saß in Brasches Büro. Hans Lüdenkamp, Brasches engster Mitarbeiter und ebenfalls Kriminalhauptkommissar, war auch anwesend. Beo berichtete über die merkwürdigen Anrufe der vergangenen Tage. Als er geendet hatte, fragte Brasche: "Und du bist ganz sicher, dass du den Anrufer nicht kennst?"

„Hundert pro", antwortete Beo. „Ich habe mir in den letzten Tagen wirklich das Gehirn zermartert, aber da ist nichts. Auch nicht die Spur einer Erinnerung. Weder der Name Maarten noch die abenteuerliche Geschichte von ‚eins Komma zwei Millionen' weckt irgendetwas in mir."

„Und die Stimme?", fragte Lüdenkamp. „Sie haben doch gesagt, dass Ihnen die Stimme bekannt vorkommt."

„Ja, das stimmt. Aber nur sehr vage. Mir ist so, als wenn ich diese leise raue Stimme schon mal gehört habe. Aber ich habe keine Ahnung, wann und wo."

„Und der niederländische Akzent?", hakte Lüdenkamp nach.

„Ich habe beruflich oft mit Niederländern zu tun", antwortete Beo. „Wenn die Deutsch sprechen, ist die niederländische Herkunft immer herauszuhören; egal, wie gut sie die deutsche Sprache beherrschen. Die Mischung ist allerdings sehr unterschiedlich. Es gibt Niederländer mit einem bisschen Deutsch und ganz viel Niederländisch. Und solche mit fast perfektem Deutsch und einem winzigen Rest Niederländisch. Dazwischen natürlich die ganze Palette. Zum Beispiel Rudi Carrell: Der bewegte sich irgendwo in der Mitte. Aber egal, wo sie stehen, man hört immer den kleinen verbliebenen Rest Niederländisch. Dieser ‚Maarten' gehört zu denen mit einem winzigen Rest; fast nicht zu hören, aber doch unverkennbar."

„Gut", sagte Brasche. „Wir haben demnach mit einem Niederländer zu tun, der ziemlich perfekt Deutsch spricht. Und der offenbar von dir Geld haben möchte. Eins Komma zwei Millionen."

„Der spinnt", sagte Beo erregt. „Ich schulde vielleicht jemand fünf Euro. Oder höchstens zwanzig. Aber doch keine eins Komma zwei Millionen. Der ist doch irre!"

Lüdenkamp grinste ein bisschen, als er Beo fragte: „Sind Sie da ganz sicher? Manchmal weiß man selbst nicht, was alles in einem schlummert. Das Gedächtnis kann blockiert sein. Man hat etwas Furchtbares erlebt, will sich aber nicht mehr daran erinnern, weil es einen zu sehr belastet."

„Das ist doch wohl nicht Ihr Ernst?" Beo blickte Lüdenkamp fragend an. Als er feststellte, dass der grinste, sagte er: „Nein, natürlich nicht."

„Fassen wir zusammen", sagte Brasche. „Der unbekannte Anrufer kann jemand anderen meinen. Er hat sich verwählt oder überhaupt in deiner Person geirrt. Oder: Er hat sich das Ganze nur ausgedacht und macht sich einen Spaß daraus, irgendjemanden – nach dem Zufallsprinzip - anzurufen und zu verunsichern."

„Das hätte ich gestern auch noch geglaubt", erwiderte Beo. „Aber jetzt nicht mehr, nachdem es den Toten gegeben hat."

„Du hast recht", stimmte ihm Brasche zu. „Da muss in der Tat etwas Ernsthafteres dahinterstecken. Vielleicht ergeben die Untersuchungen des Toten und des Tatortes brauchbare Spuren, die uns weiter bringen."

„Und was soll ich jetzt tun?", fragte Beo.

„Wir werden Dein Telefon überwachen", antwortete Brasche. „Mehr kann ich im Moment nicht veranlassen, solange nicht definitiv feststeht, dass der Anrufer wirklich dich meint. Falls das tatsächlich der Fall sein sollte, wird er dir aller Erfahrung nach nichts tun, solange er das Geld noch nicht hat."

„Finde ich nicht besonders beruhigend", knurrte Beo.

„Kann ich verstehen", sagte Brasche. „Wenn die Lage sich verschärfen sollte, werden wir weitere Maßnahmen ergreifen."

„Was für weitere Maßnahmen?", wollte Beo wissen.

„Na, zum Beispiel Personenschutz."

„Ach du Schreck! Das wird hoffentlich nicht erforderlich sein", seufzte Beo und verließ das Polizeibüro.

Brasche sah ihm mit ernster Miene nach. Die Dinge hatten eine Wendung genommen, die er nicht erwartet hatte und die ihm Sorgen machte. Er war zunächst davon ausgegangen, dass sich jemand einen Scherz mit Beo erlaubt hatte, oder dass Beo irrtümlich in die Schusslinie eines Irren geraten war. Inzwischen sah die Sache aber doch ernster aus. Wie auch immer: Seine Kollegen und er würden alles daran setzen, den Fall möglichst schnell aufzuklären und Beo aus der Gefahrenzone zu holen.

Ballermann

Der nächste Anruf ließ nicht lange auf sich warten. Beo hatte es sich gerade zu Hause gemütlich gemacht, als das Telefon klingelte. Als er abnahm, hörte er zunächst nur ein leises Röcheln. Beo wartete. Nichts tat sich. Beo überlegte, ob er wieder auflegen sollte. Dann entschied er sich doch anders.

„Ich gebe Ihnen ab jetzt zehn Sekunden", sagte er bestimmt. „Wenn Sie sich bis dahin nicht melden, lege ich auf."

Danach kam noch einmal ein kurzes Röcheln. Dann die inzwischen vertraute raue Stimme: „Hallo, leg nicht auf. Ich habe eine wichtige Nachricht für dich; vielleicht eine lebenswichtige."

„Was wollen Sie von mir? Reden Sie doch endlich."

„Ich rede doch schon die ganze Zeit. Du verstehst mich nur nicht. Hast du dein Geschenk schon ausgepackt?"

„Welches Geschenk?", fragte Beo. „Ich habe nichts bekommen. Ich habe aber auch gar nicht Geburtstag."

„Deine Späßchen werden dir schon noch vergehen", knurrte die Stimme. „Ich habe ein Präsent für dich an einem ganz besonderen Ort hinterlegt. Falls du es noch nicht bekommen hast, wirst du bestimmt darüber in der Zeitung lesen. Lies die morgigen Ausgaben sehr sorgfältig. Oder besser: Bitte deine Frau, äh, Enna heißt sie wohl, die Zeitungen sehr sorgfältig zu lesen. Es wäre schade, wenn du das verpasst."

„Was reden Sie für einen Quatsch?", fragte Beo erbost.

„Sag so etwas nicht. Der Mann, über den morgen etwas in der Zeitung steht, hat auch zu unseren Freunden gehört. Aber er hat ebenso wenig pariert wie du. Deshalb steht er morgen in der Zeitung!"

Beo unterbrach: „Sagen Sie mir doch endlich, was Sie von mir wollen."

„Das weißt du doch genau. Vier kleine Negerlein! Erinnerst du dich? Du kannst unser kleines Abenteuer doch nicht wirklich vergessen haben! Du doch ganz besonders! Musstest doch unbedingt rumballern. Dafür sitze ich immer noch hier im Knast. Du bist aber schon längst wieder draußen. Ich habe mich zwar inzwischen daran gewöhnt. Aber ich sehe nicht ein, dass du so günstig davonkommst und auch noch allein die Beute verbrätst."

„Ich habe wirklich keine Lust, mir diesen Schwachsinn noch länger anzuhören", sagte Beo.

„Halt! Nicht auflegen!", kam von der anderen Seite. „Damit wir uns ganz klar verstehen: Eins Komma zwei Millionen durch vier macht eigentlich 300.000 für jeden. Allerdings haben sich die Umstände inzwischen geändert." Der Anrufer räusperte sich ein paar Mal und begann dann zu singen:

„Drei kleine Negerlein,
die teilen nicht durch drei.
Die Beute krieg ich ganz allein,
und du kriegst nichts. Juchhei!"

Beo hatte keine Ahnung, was der Sänger ihm mitteilen wollte. Aber die raue Stimme klang gar nicht mal so schlecht. Wie Otto Sander mit einem leichten niederländischen Akzent.

„Jetzt reicht's mir", knurrte Beo. „Nicht nur, dass ich mir Ihren Stuss anhören muss, jetzt fangen sie auch noch an zu singen."

„Hör zu! Aufgeteilt wird jetzt nicht mehr! Ich will die gesamte Beute! Sieh zu, dass du die eins Komma zwei Millionen ganz schnell in bar zur Verfügung hast. Wenn nicht: Denk an das traurige Schicksal unseres Freundes."

Beo legte einfach auf. Dann saß er noch eine ganze Weile an seinem Schreibtisch und trommelte unentwegt denselben Rhythmus auf die Tischplatte. Irgendwann steckte Enna ihren Kopf durch die Tür und befreite ihn aus seinen düsteren Gedanken.

„Komm mit ins Wohnzimmer", sagte sie. „Lass uns ein Spiel machen oder fernsehen."

„Zum Fernsehen habe ich keine Lust und keine Ruhe", antwortete Beo. „Und spielen tu ich nicht so gern. Das weißt du doch."

„Das weiß ich. Aber wir müssen irgendetwas machen, was dich auf andere Gedanken bringt. Komm. Eine Runde Mensch-ärgere-dich-nicht!"

„Okay. Das schaffe ich vielleicht noch. Aber wehe, du gewinnst!"

Beobachtungen

Beo beschloss, stichprobenweise die Warenanlieferungen zu kontrollieren. Dazu hatte er zehn Filialen ausgesucht, die unterschiedlich groß und über den ganzen Niederrhein verteilt waren. Zunächst beobachtete er, wann die einzelnen Filialen beliefert wurden. Das hing unter anderem von den Aktionstagen ab, an denen zweimal wöchentlich vor allem attraktive Non-Food-Artikel angeboten wurden. Beo stellte fest, dass die Filialen immer in einer bestimmten gleichbleibenden Reihenfolge beliefert wurden; das heißt, dass die Anlieferzeiten für die einzelne Filiale immer gleich waren.

Beo stellte also einen Tour-Plan zusammen. Dann kam er unangemeldet immer genau zu der Zeit, wenn die LKW vorfuhren, um ihre Ware auszuladen. Beo ließ sich die Ladepapiere kopieren, und er kontrollierte stichprobenweise gemeinsam mit einem Beschäftigten der jeweiligen Filiale die Menge der abgeladenen Artikel; beziehungsweise der Paletten, denn einzelne Artikel konnte er bei der Menge der Warenlieferungen gar nicht registrieren.

Beo wunderte sich, wie viel Ware jedes Mal in die Läden gekarrt und verteilt wurde. Er konnte sich kaum vorstellen, dass das alles in zwei oder drei Tagen verkauft werden sollte. Aber jedes Mal, wenn die neuen Lieferungen ankamen, waren die Regale in den Filialen nur noch spärlich gefüllt und warteten dringend auf Nachschub.

Bei der ersten Filiale, in der Beo auftauchte, waren sowohl die Filialleitung als auch die Mitarbeiter völlig verduzt, als Beo plötzlich mit einer umfassenden Vollmacht auftauchte und ihnen auf die Finger sehen wollte. Aber sie hatten dann nichts dagegen einzuwenden und unterstützten ihn bereitwillig.

Danach, von der zweiten Filiale ab, hatte Beo das unbestimmte Gefühl, dass die Überraschung schon nicht mehr so groß war. Er war sich aber nicht sicher, ob ihn sein Eindruck täuschte, oder ob nur die Buschtrommeln zwischen den Filialen gut funktionierten. Beides war möglich. Ergebnis dieser größer angelegten Aktion war jedenfalls, dass die Warenanlieferungen in allen zehn Testfilialen absolut korrekt waren. Es gab nicht eine Palette oder ein Gebinde mehr oder weniger, als in den Lieferpapieren ausgewiesen war.

Beo nahm natürlich auch die Kunden unter die Lupe. Er wusste ja, dass der größte Teil des Warenschwundes auf Langfingern unter den Kunden beruhte.

Einen jungen Mann erwischte er dabei, wie er versuchte, mehrere MP3-Player in einen Pralinen-Karton zu stecken, aus dem er vorher den Inhalt entleert hatte. Die Pralinen lagen jetzt in einem Textil-Container unter Herrenhemden. Beo informierte den Filialleiter, der sich unverzüglich der Sache annahm.

Ansonsten konnte Beo keine Unregelmäßigkeiten feststellen. Alle weiteren Kunden schoben brav ihre Einkaufswagen zur Kasse und bezahlten alles, was sie eingekauft hatten. Besonders dort schien es Beo fast unmöglich, dass jemand Waren an der automatischen Lasererfassung vorbeischmuggeln konnte, die von den Kassiererinnen mit affenartiger Geschwindigkeit mit den unterschiedlichsten Artikeln gefüttert wurden.

Auch ein Zusammenspiel zwischen den Kassiererinnen und Kunden erschien ihm viel zu riskant, weil sie immer damit rechnen mussten, dass Testkunden unterwegs waren, oder dass sie durch die Spiegelwand vom Filialleiter beobachtet wurden.

Rollenwechsel

Es ging von Tag zu Tag voran mit den Fortschritten der beiden Sprachschüler beziehungsweise -lehrer. Sie hatten vereinbart, dass sie ab sofort nur noch in der jeweils anderen Sprache miteinander kommunizieren wollten. Das heißt: Pitter versuchte, ausschließlich Niederländisch mit Maarten zu sprechen, während Maarten sich nur noch auf Deutsch ausdrückte. Das führte natürlich – besondere zu Beginn – zu diversen Heiterkeitsausbrüchen. Vor allem bei den Zellennachbarn, die das Ganze äußerst amüsiert beobachteten. Sie fanden das ‚totaal gek!'.

Die beiden gewöhnten sich im Laufe der Monate so sehr an ihre jeweilige neue Rolle, dass es ihnen manchmal schwerfiel, zwischendurch wieder in die Muttersprache umzuschalten. Beide begannen nach und nach auch, in der jeweils anderen Sprache zu denken.

In der Anstaltsleitung wurde das Experiment von Anfang an mit Wohlwollen betrachtet. Es konnte nicht schaden, wenn die Häftlinge sich so ernsthaft mit einer fremden Sprache beschäftigten. Im Gegenteil: Die beiden machten absolut keinen Ärger, kamen gut mit ihren Mithäftlingen aus, und so hatten sie keine Zeit, auf dumme Gedanken zu kommen. Ihre Beurteilungen durch Betreuer und Psychologen waren deshalb uneingeschränkt positiv.

Im Laufe der Monate wurde der Umgang der beiden miteinander allmählich vertrauter. Hatten sie anfangs keine allzu große Bereitschaft gezeigt, sich auch über persönliche Dinge auszutauschen, so änderte sich das nach und nach.

Maarten wusste inzwischen, dass Pitter eigentlich Peter hieß, dass ‚Pitter' aber sein Ruf- und Spitzname schon seit Sandkastenzeiten gewesen war; dass er wegen verschiedener Rauschgiftdelikte in Holland gefasst worden war, und dass er deshalb jetzt hier einsaß.

„Willkommen im Klub!", war Maartens spontaner Kommentar dazu gewesen. „Und was hast du beruflich gemacht?", fragte er dann. „Ich meine, außer der Beschäftigung mit den bösen Rauschmitteln?"

„Ach, mal dies, mal das. Ich bin irgendwie nicht so richtig auf die Füße gekommen. Habe öfter die Rollen gewechselt. Aber meistens erfolglos."

„Na, da ist es mir besser gegangen", sagte Maarten und berichtete dann von seinen nicht unerheblichen Erfolgen mit der Herstellung von Amphetaminen und deren Vertrieb in den Niederlanden und in Deutschland.

„Das kannst du? Stoff herstellen?", fragte Pitter bewundernd.

„Ja. Ich bin Diplom-Biochemiker. Da lernt man auch solche Sachen." Maarten klang ein bisschen stolz, als er noch hinzufügte, dass die Polizei in beiden Ländern ihn als einen holländischen Drogenboss bezeichnet hätte.

„Und? Bis du das?", fragte Pitter.

„Na ja", antwortete Maarten. „Wie man's nimmt. Ich habe wohl mal dazugehört. Aber jetzt natürlich nicht mehr. Das ist alles Geschichte."

„So erfolgreich war ich leider nicht", sagte Pitter mit hörbarem Bedauern. „Ich habe nur mit allen möglichen ‚Stöffchen' gehandelt. Zuletzt mit Räucher- und Kräutermischungen."

„Zu meiner Zeit gab es die noch nicht. Ich habe aber davon gehört", sagte Maarten. *„Schade. Vielleicht hätte ich das Zeug für dich herstellen können, wenn wir uns früher getroffen hätten."*

„Mich haben sie leider viel zu früh geschnappt", sagte Pitter bedauernd.

„Bist du zum ersten Mal hier?", wollte Maarten wissen.

„Hier schon. Aber ich war in Deutschland schon einmal ein paar Monate im Knast."

„Auch wegen Dealerei?"

„Nein. Wegen gefährlicher Körperverletzung."

„Oh. Dann bist du ja auch gefährlicher, als du aussiehst", stellte Maarten fest. Über sein Gesicht huschte für einen kurzen Moment ein merkwürdiger Zug, den Pitter nicht recht deuten konnte.

„Was denkst du?", fragte er etwas irritiert.

„Na ja, du wirst schon deine Gründe gehabt haben", erwiderte Maarten.

„Da hat einer versucht, mich reinzulegen", sagte Pitter. *„Das ist ihm nicht gut bekommen!"*

„Ich dachte, du würdest dich eher mit Worten verteidigen", meinte Maarten.

„Schon. Aber wenn das nicht reicht, dann kann ich auch anders", sagte Pitter.

„Na ja. Jedenfalls musst du nur noch ein paar Monate in diesem Luxushotel bleiben. Ich kann hier wahrscheinlich noch diverse Sprachen dazulernen."

„Das tut mir leid für dich", erwiderte Pitter. *„Aber im Leben werden die Partien nie so unbestritten gewonnen wie im Spiel"*, sagte Pitter.

„*Das stimmt*", *meinte Maarten bedauernd. Dann wollte er wissen:* „*Ein kluger Spruch. Stammt der von dir?*"

„*Nein. Von Emanuel Lasker. Das war ein berühmter deutscher Philosoph. Und Schachweltmeister war er auch. Irgendwann Anfang des 20. Jahrhunderts.*"

„*Oh!*", *sagte Maarten ehrfürchtig.*

„*Übrigens*", *meinte Pitter.* „*Weil wir uns schon mal so privat unterhalten: Was ist eigentlich mit deiner Stimme los?*", *wollte Pitter wissen.*

„*Wieso? Was soll damit los sein*", *fragte Maarten.*

„*Na ja, das ist mir gleich am Anfang aufgefallen, als wir uns zum ersten Mal getroffen haben. Du sprichst immer extrem leise und kratzig. Dabei rauchst du doch gar nicht.*"

„*Ich habe noch nie geraucht. Aber meine Stimme war schon immer so. Solange ich denken kann.*"

„*Ach so. Dann haben wir das ja auch geklärt.*"

Die beiden stellten ihre Figuren auf und begannen eine neue Partie, die Pitter schon nach relativ kurzer Zeit gewann. Maarten ärgerte sich sichtlich darüber.

„*Ist doch nur ein Spiel*", *bemerkte Pitter.*

„*Ich ärgere mich trotzdem. Diese Partie hätte ich nicht verlieren dürfen.*"

„*Wenn du nicht verlieren kannst, musst du es wie Tucholsky halten:* ‚*Es gibt nur ein Mittel, im Schachspiel unbesiegt zu bleiben: Spiele nie Schach!*'"

„*Du hast recht. Für den Rest des Tages werde ich das mal beherzigen. Lass uns Schluss machen.*"

Pitter blieb noch einen Moment bei Maarten. Beide hingen ihren Gedanken nach. Irgendwann sagte Pitter:

„Deine Stimme gefällt mir gar nicht. Du solltest etwas dagegen tun."

„Gegen meine Stimme?", fragte Maarten grinsend.

Pitter dachte: Na, immerhin habe ich ihn schon mal zum Lachen gebracht. Laut sagte er: „Nein, natürlich nicht gegen deine Stimme. Gegen das Kratzige. Das klingt nicht besonders gesund."

„Mach dir mal keine Sorgen. Mir geht's gut", erwiderte Maarten. „Die raue Stimme habe ich immer. Und wenn ich viel spreche, wird das manchmal schlimmer."

‚Wann sprichst du denn viel?', dachte Pitter. Er hatte noch nie erlebt, dass Maarten auch nur ein Wort mehr als unbedingt nötig sagte. Er formulierte immer sehr präzise und so kurz wie möglich. Das war Pitter vor allem aufgefallen, wenn Maarten telefonierte und Pitter zufällig bei ihm in der Zelle war. Telefonieren war eigentlich nur im Gemeinschaftstrakt und unter Aufsicht gestattet. Aber Maarten hatte ein eigenes Handy, das er bisher erfolgreich vor dem Aufsichtspersonal verborgen hatte. Wo, das wusste auch Pitter nicht.

„Gut, dann will ich dich auch nicht länger strapazieren", sagte Pitter und verschwand aus Maartens Zelle.

Fette Beute

Beo machte sich Gedanken wegen der Bemerkung des Anrufers über Enna. Woher wusste der Typ, dass Beo verheiratet war, wie seine Frau hieß, und dass sie in seinem Büro für den ‚Zeitungsdienst' zuständig war. Sie hatte sich nur einmal am Telefon gemeldet, als dieser ‚Maarten' angerufen hatte. Beo versuchte, sich genau daran zu erinnern. Enna meldete sich üblicherweise mit: „Detektivbüro Wulf. Guten Tag. Was kann ich für Sie tun?" So hatte sie sich auch bei diesem Anruf gemeldet. Sie nannte nie ihren Vornamen. Woher wusste ihn der Anrufer?

Außerdem war Beo völlig irritiert über die abstruse Geschichte von dem ‚kleinen Abenteuer', bei dem Beo ‚herumgeballert' haben sollte. Der Typ war offenbar völlig verrückt. Wollte er allen Ernstes damit ausdrücken, dass Beo an einem Überfall auf eine Bank oder einen Geldtransport oder so etwas beteiligt war? Und dass er jetzt mit der Beute in Höhe von ‚eins Komma zwei Millionen' gemütlich zu Hause saß, während seine Spießgesellen im Gefängnis schmorten? Das war wirklich zu abenteuerlich.

Es klingelte an der Haustür. Der Polizei-Techniker kam, um die Telefon-Überwachungsanlage zu installieren. Das dauerte etwa eine halbe Stunde. Dann war Beo wieder mit seinen Gedanken allein.

Er rief Brasche an, um ihn über den letzten Anruf zu informieren. Der fand die Geschichte ebenfalls sehr abenteuerlich.

„Jetzt wissen wir wenigstens, dass der von dem Anrufer genannte Betrag nichts mit deinem Job zu tun hat. Das können wir schon mal voneinander trennen. Außerdem klingt das Ganze tatsächlich nach einem Bankraub oder einem Überfall auf einen Geldtransport. Wir werden mal nachforschen, was es da in den vergangenen Jahren gegeben hat. So auf Anhieb fällt mir dazu nichts ein. Immerhin wissen wir jetzt - falls der Anrufer sich das alles nicht nur ausgedacht hat - dass es sich um insgesamt vier Täter handelt, von denen angeblich einer einsitzt und ein Zweiter gerade umgebracht wurde. Du bist also der Dritte, der mit der ‚fetten Beute'! Dann fehlt noch einer, den wir noch nicht kennen."

„Ich kann mit dem allen überhaupt nichts anfangen", sagte Beo. „Selbst wenn es diesen Überfall tatsächlich gegeben hat: Ich war mit Sicherheit nicht dabei! Wie kommt dieser ‚Maarten' dann ausgerechnet auf mich? Und, was ich auch nicht verstehe: Wieso kann er aus einem Gefängnis heraus ständig telefonieren, ohne dass das auffällt? Und vor allem: aus welchem Gefängnis?"

„Wir sind schon eifrig dabei, all diese Fragen zu klären. Inzwischen haben wir aber schon ein paar Anhaltspunkte mehr. Bleib' ganz ruhig. Wir kriegen ihn! Wenn es ihn wirklich gibt. Und wenn seine Geschichte nicht ein reines Produkt seiner blühenden Fantasie ist."

„Es muss ihn geben!", erwiderte Beo. „Wer soll denn sonst mit mir telefoniert haben? Ein Geist? An solchen Kram glaube ich nicht. Übrigens: Wer ist denn eigentlich der Tote? Habt ihr da schon etwas?"

Da sind wir noch dran. Fest steht bis jetzt nur, dass er

tatsächlich erschossen worden ist. Suizid scheidet definitiv aus; schon, weil wir keine Waffe gefunden haben."

„Haltet mich auf dem Laufenden."

„Machen wir."

Schaakmat

„Der Angriff war gar nicht so übel disponiert", sagte Pitter. Maarten reagierte nicht. Pitter wiederholte seinen Satz in übertrieben theatralischen Ton.

„Wer hat das gesagt?", fragte Maarten, während er etwas mürrisch die auf dem Brett verbliebenen Figuren musterte.

„Stefan Zweig hat das gesagt. In seiner ‚Schachnovelle'", gab Pitter Auskunft.

„Aha", sagte Maarten lakonisch. Er schien heute nicht besonders interessiert zu sein, mehr darüber zu erfahren. Überhaupt hatte Maarten schon während der gesamten Partie irgendwie lustlos und abwesend gewirkt.

Ein paar Züge später rief Pitter fröhlich „Schaak", und kurz danach: „Schaakmat!"

„Oh."

„Du hast es mir diesmal wirklich nicht allzu schwer gemacht. Was ist mit dir los?", fragte Pitter.

„Ach, ich weiß auch nicht. Mir gehen ein paar Dinge im Kopf herum, die mich nicht loslassen. Schon seit ein paar Tagen."

„Habe ich gemerkt. Wenn ich dir irgendwie helfen kann, sag Bescheid", meinte Pitter.

„Ich werde darüber nachdenken", antwortete Maarten. Und dann, nach einer kleinen Pause: „Vielleicht wäre es wirklich gut, wenn ich deine Meinung dazu hören könnte. Aber jetzt will ich erst mal schlafen. Ich bin müde. Lass uns Schluss machen. Bis morgen."

„Goede nacht!"

Am nächsten Abend stand turnusmäßig der Literaturkreis an. Maarten ließ sich entschuldigen. Ihm gehe es nicht gut. Die übrigen Teilnehmer gingen nach ein paar Minuten auch wieder auseinander. Ohne Maarten machte das keinen Spaß.

Am folgenden Vormittag traf Pitter Maarten wieder; beim Küchendienst. Maarten sah nicht gut aus, und er wurde mehrfach von heftigen Hustenanfällen geschüttelt. Pitter riet ihm, sich ins Krankenrevier zu begeben, um etwas gegen den Husten und den offensichtlich schlechten Allgemeinzustand zu tun. Aber Maarten lehnte das ab. „Keine Angst, ich komme schon wieder auf die Beine", sagte er zuversichtlich. „Lass uns heute Abend mal miteinander reden. Das tut mir vielleicht gut."

Nach dem Abendessen saßen die beiden dann in Maartens Zelle zusammen. Zuerst redeten sie über alle möglichen Dinge. Dann kam Maarten zur Sache.
   „Ich schleppe da etwas mit mir herum, die mich ziemlich beschäftigt und belastet", begann er. „Ich habe dir ja erzählt, dass ich unter anderem wegen einiger Rauschgiftdelikte hier bin. Das stimmt auch. Aber es gibt da noch eine andere Sache: Ich habe vor ein paar Jahren – gemeinsam mit drei Freunden – einen Geldtransport überfallen. Sogar ziemlich erfolgreich: Die Beute betrug mehr als eine Million Euro. Genauer gesagt: eins Komma zwei Millionen."
   „Oh", bemerkte Pitter mit Ehrfurcht in der Stimme. „Das hätte ich dir gar nicht zugetraut. Dann bist du ja rich-

tig gefährlich! Und reich auch noch!"

"Gefährlich nur, wenn es sein muss. Und reich?" Maarten sah Pitter an. "Ja, müsste ich eigentlich sein", stimmte er ihm dann zu. "Aber davon habe ich bis jetzt nicht viel gehabt. Ich bin nämlich dummerweise als einziger erwischt worden. Glücklicherweise ohne die Beute."

"Und die anderen?", wollte Pitter wissen.

"Die anderen konnten unerkannt abhauen. Und ich habe natürlich den Mund gehalten. Das hatten wir vorher so vereinbart: ‚Alle für einen – einer für alle'."

"Und dann?", fragte Pitter gespannt.

"Zwei von uns Vieren sind nie entdeckt worden. Der Dritte, der mit der Beute, wurde später anhand einer DNA-Probe gefasst. Man konnte ihn allerdings nur als Fahrer des Fluchtwagens überführen. Deshalb ist er nach relativ kurzer Zeit wieder auf freien Fuß gekommen."

"Und du? Warum musst du so lange hier hausen?"

"Weil bei dem Überfall ein Angehöriger des Transportunternehmens erschossen wurde. Meine Fingerabdrücke wurden auf der Waffe festgestellt, und so war ich dran."

"Hast du denn geschossen?"

"Nein, natürlich nicht. Ich habe in meinem ganzen Leben noch nicht geschossen. Kann ich auch gar nicht."

"Und wieso waren deine Fingerabdrücke auf der Waffe?", wollte Pitter wissen.

"Weil ich die Waffe besorgt und im Auto deponiert habe. Dummerweise ohne Handschuhe. Deshalb ist man natürlich davon ausgegangen, dass ich auch geschossen habe."

"Deshalb sitzt du jetzt immer noch hier?"

„Ja. Deshalb habe ich ein paar Jahre mehr aufgebrummt bekommen als mein Freund Beo, der ‚ja nur den Wagen gefahren' hat."

„Ah! ‚Beo, hol schon mal den Wagen!'"

„Das finde ich gar nicht so lustig."

„Ja, kann ich verstehen. Und die anderen? Haben die dich mal besucht? Und ist die Beute aufgeteilt worden?", wollte Pitter wissen.

„Nein. Nichts von alledem. Ich sitze hier nach wie vor einsam in meiner Zelle. Kein Schwein hat sich um mich gekümmert. Die lieben Freunde haben mir in der ganzen Zeit weder geschrieben noch mich besucht. Und von der Beute habe ich auch nicht einen müden Cent gesehen."

„Das gibt's doch nicht!", rief Pitter empört.

„Doch. Genau so ist es. Und das macht mir ziemlich zu schaffen. Kannst du das verstehen?"

„Ja sicher kann ich das verstehen. Ich glaube, ich würde total ausrasten, wenn es mir so ergangen wäre!"

„Ausrasten? Wohin soll ich denn rasten? Oder womit? Oder wozu?"

„Ich kann mir nur schwer vorstellen, dass echte Freunde so handeln."

„Das hätte ich auch nie gedacht. Aber so sind die Menschen. ‚Einer für alle – alle für einen', das gilt wohl nur in guten Zeiten. Wenn es dann problematisch wird, ist alles vergessen."

„Ich kann sehr gut verstehen, dass du sauer bist", sagte Pitter.

„Dabei ist es noch nicht einmal das Geld", fügte Maarten hinzu. „Das Menschliche macht mir zu schaffen. Oder *richtiger: das Unmenschliche."*

"Und was willst du jetzt machen?"

"Gar nichts. Brav hier bleiben, Schach spielen und versuchen, auf andere Gedanken zu kommen. Zum Beispiel im Literaturkreis. Aber es hat mir gut getan, mal darüber zu reden. Übrigens: Ich gehe natürlich davon aus, dass das unter uns bleibt. Die Häme unserer lieben Freunde hier kannst du dir ja vorstellen. Wenn die das wüssten, wie ich geleimt worden bin. Das brauche ich wirklich nicht."

"Na klar. Du kannst dich auf mich verlassen."

Als Pitter wieder in allein seiner Zelle war, dachte er noch eine ganze Zeit über das nach, was Maarten ihm erzählt hatte. Das war doch unglaublich. Pitter hatte in seinem Leben draußen in der Freiheit auch sehr unterschiedliche Menschen kennengelernt. Manche hatten ihm näher gestanden, mit anderen konnte er nicht allzu viel anfangen. Aber Freunde, die ihn in schwierigen Situationen im Stich ließen, hatte er Gottseidank nie gehabt. Er mochte sich das auch gar nicht vorstellen.

Pitter empfand tiefes Mitleid mit Maarten. Wie mochte der sich wohl fühlen? Je mehr Pitter darüber nachdachte, umso mehr schlug sein Mitgefühl in Wut um. Das konnte man doch nicht wirklich machen! Und schon gar nicht mit Maarten, der doch wirklich keiner Fliege etwas zuleide tat. Pitter regte sich dermaßen auf, dass er laut fluchend durch seine Zelle lief. Hin und her, hin und her. Und zum Schluss schlug er mit der geballten Faust gegen die Zellenwand.

Erst später, als er in seinem Bett lag, bemerkte er, dass er sich die rechte Hand blutig geschlagen hatte. Er wickelte sie in ein Handtuch und versuchte zu schlafen. Es dauerte aber noch eine ganze Zeit, bis er endlich zur Ruhe kam.

Lebensretter

„Beo, ich habe leider zwei schlechte Nachrichten für dich". Brasche war am Apparat. Er hatte Beo in Neukirchen-Vluyn erreicht. „Welche willst du zuerst hören? Die Schlechte oder die Schlechte?"

Beo ging auf den Scherz ein: „Zuerst die Schlechte."

„Also: Es gab in den letzten Jahren keinen Banküberfall und auch keinen Überfall auf einen Geldtransport, der nicht aufgeklärt werden konnte, und wo eine Beute von 1,2 Millionen verschwunden ist."

„Das ist die schlechte Nachricht? Ich finde sie eher gut. Wenn es keinen Überfall gab, dann kann ich doch auch nicht daran beteiligt gewesen sein."

„Das ist richtig", stimmte ihm Brasche zu.

„Also spinnt der Typ total! Aber das habe ich schon vorher gewusst. Und die schlechte Nachricht?"

„In Duisburg hat man einen weiteren Toten gefunden."

„Lass mich raten: Er steckte in einem Mülleimer und hatte einen Brief für mich in der Tasche."

„Mülleimer ist falsch. Brief ist richtig. Der Täter hat sich wieder für Kunst im öffentlichen Raum entschieden. Diesmal für den ‚Lifesaver'-Brunnen mitten in Duisburg."

„Das gibt's ja nicht. Da bin ich vorgestern noch gewesen", sagte Beo erstaunt.

„Der Tote baumelte zwischen den grell-bunten Beinen des Fantasie-Vogels."

„Baumelte?", fragte Beo.

„Ja. Der Täter hat ihn so aufgehängt, dass er unten zwischen den Beinen hing."

„Wie hat er das denn gemacht? Das kann er doch allein gar nicht geschafft haben. Außerdem wird sich der Tote doch gewehrt haben."

„Am Denkmal wohl nicht mehr", sagte Brasche. „Er ist vorher bereits erdrosselt worden. Wo, wissen wir noch nicht."

„Unglaublich!", meinte Beo. „Und dieser Mord steht im Zusammenhang mit dem Weseler Fall?", wollte Beo wissen.

„Zweifelsfrei", erklärte Brasche. „Der Tote hatte – wie der in Wesel – gelbe Gummistiefel an."

„Und eine Nachricht für mich?", fragte Beo.

„Ja. Der Tote hatte wieder einen Umschlag bei sich. Wie gehabt, mit der Aufschrift ‚Gruß an Beo'. Und wieder mit einem Gedicht. Ich lese mal vor:

‚Zwei kleine Negerlein,
da ist noch eins zu viel.
Auch das wird bald verschwunden sein,
und dann bin ich am Ziel.'"

„Ich schätze mal, dass ich eins von den beiden Negerlein sein soll. Was soll ich denn jetzt tun?", fragte Beo ziemlich verunsichert.

„Komm am besten so schnell wie möglich hierher", schlug Brasche vor. „Dann können wir über das Weitere beraten und einen Plan machen."

„Okay. Ich bin jetzt in Neukirchen-Vluyn. Da muss

ich gerade noch meine Daten sichern. Dann kann ich losfahren. Ich bin in einer knappen Stunde da."

„Gut. Bis dahin."

Teil II

O Pannenbaum
Inselträume
Umgangssprache
Security
Dunkelmänner
Solo für Maarten
Geheimes Kommando
Nachrichtendienst
Mit dem Rücken zur Wand
Grenzenlos
Blaulicht und Sirene
Durch die Mauer
Plötzlich und unerwartet
Geisterstimme
Zeit ist Geld
Fettstein

Oh Pannenbaum

Beo verließ seinen Beobachtungsposten außerhalb eines Lebensmittelmarktes in Neukirchen-Vluyn und fuhr nach Hause. Während der Fahrt informierte er Enna, dass sie dort auf ihn warten möchte. Er habe ihr etwas Wichtiges mitzuteilen.

„Ich muss dir auch etwas erzählen", sagte Enna. „Unser Weihnachtsbaum steht in der Bild-Zeitung."

„Unser Weihnachtsbaum?", fragte Beo erstaunt. „Wir haben doch gar keinen Weihnachtsbaum." Sie hatten schon seit ein paar Jahren auf einen eigenen Weihnachtsbaum verzichtet, weil sie während der Feiertage sowieso immer auf Besuchstournee waren; bei Ennas Mutter in Moers und bei Beos Eltern in Bielefeld.

„Das weiß ich doch. Ich meine den Weseler Weihnachtsbaum auf dem Großen Markt."

„Und der steht in der Bild-Zeitung?", fragte Beo erstaunt.

„Ja. Zusammen mit zehn anderen Weihnachtsbäumen in der ganzen Welt. Einer davon steht sogar in Sydney."

„Na, so toll finde ich ihn ja nun auch nicht", bemerkte Beo.

„Die ihn in die Zeitung gesetzt haben, finden ihn wohl auch nicht so toll. Die Überschrift lautet nämlich: „Echt Schrott, diese Pannenbäume." Und in der dazugehörigen Bildergalerie steht unter unserem Tannenbaum: ‚In Wesel (NRW) steht dieses freudlose Stahlgerippe auf dem Marktplatz.'"

„Na, so schlecht ist er ja nun auch wieder nicht", sagte

Beo. „Allerdings war er mir vor zwei Jahren ohne die Girlande, die rote Riesenschleife und den Stern an der Spitze fast noch lieber."

„Ich finde ihn so schön, wie er jetzt ist", sagte Enna. „Übrigens, heute Morgen ist ein Paket für mich mit der Post angekommen."

„Was für ein Paket?", fragte Beo beunruhigt.

„Ich weiß nicht. Da steht kein Absender drauf. Ich habe es noch nicht aufgemacht."

„Gott sei Dank", rief Beo. „Auf gar keinen Fall öffnen! Nicht mehr anfassen! Ich bin gleich bei dir."

Beo gab Gas. Ohne Rücksicht auf die vorgeschriebenen Geschwindigkeiten raste er nach Wesel zurück. Dann lud er das verdächtige Paket vorsichtig ins Auto und fuhr mit Enna zur Kreispolizeibehörde. Brasche und Lüdenkamp warteten schon. Das Paket wurde zur Untersuchung in die Kriminaltechnik gegeben. Dann setzten sich die vier mit einem Kaffe ins Besprechungszimmer.

Inselträume

„Fassen wir mal zusammen, was wir bis jetzt haben", eröffnete Brasche das Gespräch. „Es gibt zwei gewaltsam ums Leben gekommene Tote, die jeweils eine Nachricht an einen gewissen ‚Beo' bei sich trugen. Zunächst haben wir nur vermutet, dass damit …" – Brasche wandte sich an Beo – „… du gemeint warst. Inzwischen wissen wir, unter anderem aus den Telefongesprächen, zu denen wir gleich noch kommen, dass unzweifelhaft du der Adressat der Nachrichten bist.

Du hast insgesamt vier Anrufe – bei einem hat Enna abgenommen - von einem Dir unbekannten Mann erhalten. Er nennt sich Maarten und behauptet, ein ‚alter Freund' von dir zu sein. Du dagegen kennst keinen Maarten und kannst auch mit dem weiteren Inhalt der Telefongespräche nichts anfangen. So weit richtig?"

„So weit richtig", bestätigte Beo.

„Der unbekannte Anrufer – lasst uns ihn einfach Maarten nennen – behauptet, gemeinsam mit dir und zwei weiteren Freunden einen Überfall auf einen Geldtransport verübt zu haben."

„Schwachsinn!", knurrte Beo ärgerlich dazwischen.

„Lass uns einfach erst einmal die Fakten zusammentragen. Wie wir die zu bewerten haben, das kommt dann später."

„Okay", sagte Beo. Brasche fuhr fort:

„Bei dem Überfall sollst du ‚rumgeballert' haben. Und es ist von einer Beute in Höhe von 1,2 Millionen Euro die Rede, die sich angeblich bei Dir befinden."

Beo wollte etwas sagen, beschränkte sich dann aber auf ein ärgerliches Grummeln.

Lüdenkamp übernahm: „Aus den abstrusen Anrufen und den tollen ‚Negerlein'-Gedichten können wir schließen, dass jeder an dem angeblichen Überfall Beteiligte ursprünglich Anspruch auf ein Viertel der Beute, also jeweils 300.000 Euro, gehabt hat. Inzwischen gibt es die zwei Toten, die wohl zu den vier Beteiligten gehört haben. Maarten geht jetzt offenbar davon aus, dass die gesamte Beute ihm zusteht; warum, ist nicht ersichtlich."

„Ich vermute, weil ich nicht pünktlich gezahlt habe", sagte Beo. „Aber ich weiß weder etwas von diesem ominösen Überfall, noch habe ich irgendwo 1,2 Millionen gebunkert, noch hat mir irgendwann irgendjemand gesagt, wann und wo ich eine Zahlung leisten soll", wandte Beo erregt ein.

„Wenn Beo so viel Geld hätte, dann hätte ich das mit Sicherheit gemerkt. Und dann säßen wir jetzt nicht hier, sondern irgendwo auf einer einsamen Insel und ließen es uns gut gehen", sagte Enna.

Brasche resümierte: „Wir haben also einen Unbekannten, der meint, eine Forderung an Beo zu haben. Und der Beo erstaunlich gut zu kennen scheint. Er kennt seine Anschrift, seine Telefonnummer, weiß, mit wem Beo verheiratet ist, und scheint sogar über Beos berufliche Einsätze informiert zu sein. Wir dagegen wissen von dem Unbekannten bisher nur seinen Vornamen, und dass er anscheinend völlig skrupellos ist. Das macht ihn gefährlich.

Ohne die beiden Toten könnten wir uns ruhig zurücklehnen und abwarten, bis wir dem ‚Spinner' irgendwann auf die Spur kommen. So setzt er uns alle aber gewaltig unter Druck."

„Da ist noch etwas", sagte Beo. „Ich weiß gar nicht, ob das wichtig ist, aber mir spukt seit Kurzem ein Mann mit einer gelbgrünen Schirmmütze im Kopf herum."

„In Ihrer Fantasie?", wollte Lüdenkamp wissen.

„Nein. Ich habe ihn tatsächlich ein paar Mal gesehen."

Beo berichtete von seinen Begegnungen mit dem Mützenmann. Brasche und Lüdenkamp hörten gespannt zu. Enna atmete nach den ersten Sätzen heftig aus. Dann, ein paar Sekunden später, rief sie „Den kenne ich!" dazwischen.

„Wen kennst du?", fragte Beo verwundert.

„Den Mann mit der Mütze. Der hat mir in Duisburg im Parkhaus beim Einladen geholfen."

„Bist du sicher?", fragte Brasche.

„Hundert pro! Der sah genauso aus, wie Beo ihn gerade beschrieben hat."

Enna berichtete detailliert von ihrer Begegnung mit dem Mützenmann. Beo, Brasche und Lüdenkamp hörten aufmerksam zu. Ihre Mienen wurden von Satz zu Satz besorgter.

„Das gibt's doch nicht", bemerkte Beo schließlich. „Dann hat der Typ nicht nur mich, sondern auch dich ausspioniert!"

„Auf jeden Fall wissen wir jetzt, dass wir den Mann mit der Mütze ernst nehmen müssen. Zufällig sind eure Begegnungen mit ihm ganz sicher nicht", sagte Brasche. „Bleibt bitte gleich noch hier, damit wir ein Phantombild anfertigen können. Vielleicht haben wir Glück und kommen damit ein Stück weiter."

„Was hat er mit Ihnen vor?", fragte Lüdenkamp. „Und woher kennt er Sie? Es muss doch irgendeine Verbindung geben. Sie sind sicher, dass Sie ihn nicht kennen?"

„Ganz sicher", antworteten Enna und Beo unisono.

Umgangssprache

Einer der Kriminal-Techniker schaute durch die Tür und verkündete: „Das Paket ist harmlos. Es enthält lediglich ein paar gelbe Gummistiefel und diesen Zettel. Ansonsten keine Spuren oder Fingerabdrücke."

Er reichte Brasche einen Din-A6-Bogen. Brasche las vor: „Hallo Enna, ich hoffe, dass ich die passende Größe erwischt habe. Du kannst ja schon mal anprobieren. Bis demnächst. Maarten."

Zuerst sagte keiner etwas. Dann rief Beo erregt: „Das Schwein. Er soll wenigstens Enna in Ruhe lassen!"

„Das zeigt einmal mehr, dass wir ihn nicht unterschätzen dürfen", stellte Lüdenkamp fest. „Ich bin dafür, dass die beiden ab sofort Personenschutz erhalten. Ich denke, die Gründe reichen jetzt aus."

Brasche nickte dem Techniker zu, dass er nicht mehr gebraucht würde. Dann stimmte er Lüdenkamp zu: „Das sehe ich genau so." Und er fuhr, an Enna gewandt, fort: „Können Sie nicht für eine kurze Zeit irgendwo untertauchen? Möglichst weit weg von Wesel. Vielleicht bei Verwandten oder Freunden?"

„Ich will hier bei Beo bleiben", sagte Enna.

„Das ist viel zu gefährlich", widersprach Beo. „Du bist jetzt unmittelbar in Gefahr. Wie wäre es denn mit Anne? Die ist doch auch schon mal bei uns gewesen, als jemand hinter ihr her war."

Brasche schaltete sich ein: „Du meinst Anne Nielsen? Die aus dem ‚de Mol-Fall'? Die wohnt doch auch in Wesel. Das ist zu nah dran."

„Nein", sagte Beo. „Anne lebt und arbeitet schon seit einiger Zeit in der Nähe von London. Und sie würde Enna bestimmt aufnehmen."

„London ist gut", meinte Lüdenkamp. „Setzten Sie sich möglichst schnell mit Frau Nielsen in Verbindung. Je eher, desto besser. Ich habe den Eindruck, dass dieser Maarten unberechenbar ist."

„Da kann ich dir nur zustimmen", sagte Brasche.

„Und was ist mit Beo?", fragte Enna besorgt.

„Um den kümmern wir uns schon", meinte Brasche beruhigend.

„Habe ihr eigentlich schon herausgefunden, wer die Toten sind?", wollte Beo wissen.

„Der zweite Mord ist zu frisch. Da sind die Kollegen aus Duisburg noch dran", antwortete Lüdenkamp. „Der erste Tote ist ein polizeibekannter Drogendealer aus Köln namens ... Moment, gleich hab' ich's."

Brasche wühlte in seinen Unterlagen.

„Ah, hier: Dirk Offenbach", sagte er dann. „Der Knabe hat einiges auf dem Kerbholz. Maartens Umgang scheint also nicht der Beste zu sein, äh ..., damit meinte ich natürlich nicht Sie." Dabei blickte er Beo an.

„Falls das ein Scherz sein sollte, dafür bin ich im Augenblick nicht so empfänglich", gab Beo zurück.

„Sie haben recht. Zum Scherzen ist mir eigentlich auch nicht zumute", erwiderte Lüdenkamp.

„Außerdem zähle ich mich nicht zu Maartens Umgang. Das wäre mir viel zu gefährlich", ergänzte Beo.

„Ja, ich glaube auch, dass der Knabe nicht ganz ohne ist", stimmte ihm Lüdenkamp zu.

Security

Wieder zuhause angekommen, telefonierte Enna mit ihrer Freundin Anne. Sie hatte Glück und erreichte diese sofort. Nachdem sie ihr die Lage geschildert hatte, war Anne ohne jedes Zögern bereit, Enna – für wie lange auch immer – aufzunehmen.

„Denk nicht lange nach", sagte sie. „Pack das Nötigste und düs' ab. Ausweis und Zahnbürste reichen! Alles andere kannst du auch hier bekommen. Das gilt natürlich auch für Beo."

„Das geht leider nicht. Beo hat hier zu tun, ist mitten in einem wichtigen Auftrag. Außerdem will er mit dabei sein, wenn dem Idioten das Handwerk gelegt wird."

„Das kann ich gut verstehen, aber es ist ja wohl nicht ganz ungefährlich für ihn."

„Brasche und Lüdenkamp haben mir fest versprochen, gut auf ihn aufzupassen. Du kennst ja die beiden. Ich habe jedenfalls volles Vertrauen zu ihnen."

„Das hätte ich auch", bestätigte Anne. „Auf mich haben sie jedenfalls damals gut aufgepasst."

Anne spielte auf eine abenteuerliche Begebenheit an, bei der sie im Visier des niederländischen Drogenbosses Bernard de Mol gestanden hatte.

„Denkst du noch manchmal an de Mol?", wollte Enna wissen.

„Schon, aber immer seltener. Am Anfang ist er mir manchmal im Traum erschienen. Auf seinem kleinen grünen Trecker. Sein Gesicht war in meinen Träumen immer dunkel, nicht erkennbar. Aber ich bin ihm ja auch nur ein oder zweimal und immer in einiger Entfernung begegnet. Du hast sicher präzisere Erinnerungen."

Damals war Enna versehentlich - statt Anne - von de Mol gekidnappt, aber glücklicherweise schnell wieder freigelassen worden.

„Ich habe ihn aus meiner Erinnerung gestrichen", sagte Enna. „Ich will mit dem Typen nichts mehr zu tun haben. Der schmort ja sicher immer noch irgendwo hinter ziemlich dicken Mauern."

„Lass ihn uns gemeinsam vergessen! Pack deine Sachen und komm. Ich hole dich vom Flughafen ab."

Enna hatte Glück. Sie konnte gleich am nächsten Morgen von Weeze aus mit Ryanair zum Flughafen London-Sansted fliegen. Dort holte sie ab.

Beos Festanschluss wurde von der Polizei überwacht. Das heißt, alle ein- und ausgehenden Gespräche konnten mitgehört und mitgeschnitten werden, um dem anonymen Anrufer auf die Spur zu kommen. Ansonsten versuchte Beo, sich so normal wie möglich zu bewegen. Er ging seinem Job nach, fuhr weiter kreuz und quer durch den Niederrhein, besuchte die Discounter-Filialen und erledigte zu Hause seine Büroarbeiten. Personenschutz hatte er abgelehnt mit der Begründung: „Als ehemaliger Polizist kann ich mich selbst schützen!"

Allerdings hatte er ein paar zusätzliche Sicherheitsmaßnahmen getroffen. Dazu gehörte eine ‚Sig-Sauer' 226, die er schon vor Jahren völlig legal und mit Waffenbesitzkarte erworben hatte, als er bei der Polizei ausgeschieden war. Über einen Waffenschein verfügte er als Privatdetektiv ebenfalls. Die Pistole ruhte normalerweise fest verschlossen in einem Safe. Jetzt hatte er sie aus ihrem Verlies befreit und gesäubert, und er trug sie in einem von außen unsichtbaren Pistolenholster ständig bei sich.

Dunkelmänner

Im Literaturkreis „Freie Geister" stand das erste Treffen kurz bevor, bei dem man sich auch mit deutscher Literatur beschäftigen wollte, kurz bevor. Maarten hatte für Pitter Heinrich Bölls Kurzgeschichte ‚Wanderer, kommst du nach Spa ...' ausgesucht. Pitter sollte den Text lesen und zur Diskussion stellen. Der hatte die Kurzgeschichte vorher nicht gekannt. Maarten hatte ihm anlässlich seines Einstiegs in den Literaturkreis einen Band aus dem Jahre 1950 mit Böll-Kurzgeschichten geschenkt, der zu seiner kleinen Bücherei gehörte, die er in seiner Zelle haben durfte.

Pitter hatte sich inzwischen intensiv mit dem düsteren Text über einen im Zweiten Weltkrieg Schwerverwundeten beschäftigt, der auf einer Trage durch sein früheres Gymnasium getragen wird, das jetzt als Notlazarett dient.

Er hatte seine Schule wenige Monate zuvor verlassen, um in den Krieg zu ziehen.

Gleich beim ersten Blättern in dem schon etwas zerlesenen Buch war ein Foto herausgefallen, das vier Männer in einem Badesee zeigte. Die vier planschten fröhlich im Wasser umher und spritzten sich gegenseitig nass. Die Gesichter waren dunkel und nur schemenhaft zu erkennen. Pitter hatte das Foto umgedreht und ein Datum sowie drei Namen darauf entdeckt: ‚Juli 2001: Knut Harmsen, Dirk Offenbach, Beo Wulf en ik'. Ganz unten rechts in der Ecke stand noch: ‚foto: K. Weselev'. Pitter wunderte sich über diesen Vermerk. Die Qualität des Fotos war nicht so umwerfend, dass der Fotograf erwähnenswert war. Vermut-

lich war es aber für Maarten von Bedeutung gewesen, wer das Foto geschossen hatte.

Pitter hatte es auf sein kleines Regal gelegt, um es später an Maarten zurückzugeben. Das hatte er dann vergessen. Jetzt, nachdem Maarten ihm die Geschichte von dem Überfall auf den Geldtransport erzählt hatte, kam ihm das Foto wieder in den Sinn. Er nahm es vom Regal und betrachtete die vier Männer nachdenklich.

Pitter erinnerte sich, dass Maarten von drei Freunden gesprochen hatte, die mit ihm an dem Überfall beteiligt waren. Der ‚ik' auf dem Foto war wohl Maarten selbst. Dann hatte der einen ‚Freund Beo', erwähnt, der ‚ja nur den Wagen gefahren' und die Beute mitgenommen hatte. Das war vermutlich der ‚Beo Wulf'. Die beiden übrigen, Knut Harmsen und Dirk Offenbach, waren wahrscheinlich die beiden, die nach Maartens Schilderung ‚unerkannt abhauen' konnten.

Pitter blickte nachdenklich auf das Foto. Wieso hatten die drei sich nicht um Maarten gekümmert? Er verstand das nicht, und er fühlte eine unbändige Wut in sich aufsteigen.

Solo für Maarten

Abends beim Schach - zwischen zwei Partien - zog Pitter das Foto aus der Tasche.

„Hier", sagte er. „Das habe ich in dem Buch gefunden."
Er reichte das Bild an Maarten weiter.

„Ach", sagte der. „Das hatte ich schon ganz vergessen. War eine schöne Zeit damals." Dann, nach einem tiefen Seufzer: „Das Foto kannst du behalten oder vernichten; mach damit, was du willst. Ich will nichts mehr damit zu tun haben."

„Sind das deine Freunde?", fragte Pitter.

„Das waren mal meine Freunde. Jetzt existieren sie nicht mehr."

„Sind sie tot?", wollte Pitter wissen.

„Nein. Aber sie existieren für mich nicht mehr. Ich möchte jetzt nicht darüber sprechen."

„Okay", sagte Pitter. „So ist das Leben. Lass uns lieber wieder Schach spielen".

„Schach ist das Leben! Das weißt du doch", entgegnete Maarten. Er konnte jetzt schon wieder ein bisschen grinsen.

Pitter stellte das mit Genugtuung fest, und er sagte: „Das Zitat von Arrabal hast du dir also gemerkt. Ich kenne aber noch eins, das geht genau umgekehrt: ‚Das Leben ist eine Partie Schach'. Von wem stammt das denn? Weißt du das auch?"

„Nein, das weiß ich nicht", gab Maarten zu.

„Von Miguel Cervantes, dem Vater des Don Quijote."
„Aha."

„Wer Don Quijote war, weißt du?", fragte Pitter.

Die Antwort kam postwendend: „Ein Esel, wer das nicht weiß."

„Stammt das auch von Cervantes?", fragte Pitter.

„Nein, das ist diesmal von mir", antwortete Maarten grinsend.

„Gut", sagte Maarten. „Wer fängt an?"

Abends klebte Pitter das Foto ganz hinten in das Buch mit den Kurzgeschichten. Er konnte Maarten gut verstehen, dass der mit solchen Freunden nichts mehr zu tun haben wollte. Andererseits widerstrebte es ihm, das Bild einfach wegzuwerfen.

Geheimes Kommando

Beo fuhr noch spätabends zu einer Discounter-Filiale in Kleve. Er hatte von einem seiner Vertrauensleute einen Tipp bekommen, dass da manchmal nach Feierabend, besonders mittwoch- und samstagabends, merkwürdige Verladevorgänge zu beobachten seien. Immer, wenn es schon dunkel sei. Und immer an der Rückseite des Betriebsgebäudes, wo sich normalerweise niemand aufhalte.

Beo legte sich auf die Lauer. Es war schon nach 22.00 Uhr. Seine Geduld wurde auf eine ziemlich harte Probe gestellt. Dann endlich, um 22.50 Uhr, fuhr ein Lieferwagen mit Standlicht um das Gebäude herum. An der Rückseite setzte er zurück und hielt mit dem Heck vor einer Tür. Diese öffnete sich fast zeitgleich wie auf ein geheimes Kommando. Ein Rollwagen, hoch beladen mit Warenpaletten, wurde herausgeschoben. Aus dem Auto sprangen jetzt zwei Männer. Sie öffneten die Hecktüren und begannen im Eiltempo die Paletten aufzuladen.

Als sich nur noch ein kleiner Rest übrig war, trat Beo aus dem Schatten.

„Guten Abend. Mein Name ist Wulf. Ich bin Privatdetektiv", gab er sich zu erkennen.

Der Schrecken der beiden Angesprochenen hielt sich in Grenzen. Einer von ihnen sagte freundlich:

„Einen wunderschönen guten Abend. Mein Name ist Bolten. Das ist mein Kollege Müller."

„Ja und? Was machen Sie hier mitten in der Nacht?"

„Wir sind von der Obdachlosenhilfe und sammeln bei verschiedenen Läden die nicht mehr verkäuflichen, aber noch verwertbaren Reste ein. Sie haben doch wohl nichts dagegen?"

Beo war völlig verblüfft. Mit diesem Ergebnis hatte er nicht gerechnet. „Tut mir leid, wenn ich Sie erschreckt habe", sagte er dann.

„Nein, haben Sie nicht. Hier haben schon öfter welche nachgefragt, die uns für böse Buben gehalten haben."

„Dann können Sie sich sicher ausweisen?", fragte Beo.

„Aber ja doch." Beo überprüfte den bereitwillig überreichten Ausweis einer karitativen Einrichtung.

„Danke, alles okay. Warum machen Sie das denn hier im Dunkeln und zu so nachtschlafender Zeit?", wollte Beo wissen.

„Hier gibt's halt keine Laterne. Und was die Zeit angeht. Der Laden hat gerade erst Feierabend gemacht, und wir sind mit Sicherheit noch mindestens zwei Stunden unterwegs. Wenn Sie sich's schon mit Frau und Kindern gemütlich machen."

„Frau ja, Kinder nein", korrigierte Beo. „Okay. Nichts für ungut. Ich wünsche Ihnen viel Erfolg bei Ihrer Sammelaktion. Tschüss." Als er schon ein paar Meter entfernt war, rief ihm Herr Bolten noch nach: „Übrigens, wir nehmen gern auch Spenden an. Ich gebe Ihnen mal unseren Flyer mit."

Sie trafen sich auf halbem Weg. Beo steckte das Papier ein und verschwand dann endgültig.

Nachrichtendienst

Als Beo wieder zu Hause ankam, fand er eine SMS von Enna vor. Die hatte einen problemlosen Flug hinter sich, war gut in England angekommen und saß jetzt mit Anne zusammen bei einem Tee am Kamin.

Dann war da noch eine Nachricht auf dem Anrufbeantworter, der Beo weniger erfreute. Es war sein ‚alter Freund Maarten'. Der wollte wissen, ob Enna die Stiefel passten.

„Wenn nicht, ist das auch kein Problem. Ich habe noch mehr davon. Übrigens auch ein Paar für Dich, in Größe 43. Die hattest du jedenfalls früher. Oder bist du inzwischen in die Breite gegangen oder geschrumpft?" Es folgte ein leises Kichern. Dann fuhr der Anrufer fort:

„Die Zahl der Negerlein ist ja sehr überschaubar geworden. Das macht die Sache einfacher. Ich gebe die eine allerletzte Chance: Falls du das Geld nicht irgendwo in bar gebunkert hast, besorg dir schnellstens die eins Komma zwei Millionen. Ich sage dir bis spätestens übermorgen, wann und wo du diesen Betrag deponieren sollst. Versuch nicht, mich reinzulegen. Ich finde dich!" Wieder dieses merkwürdige, etwas irre Kichern. Dann wurde aufgelegt.

Beo genehmigte sich ein Glas Rotwein. Dabei grübelte er über den Anruf nach. Für ihn stand fest, dass dieser ‚Maarten' nicht ganz ernst zu nehmen war. Auf der anderen Seite ließen die zwei Toten darauf schließen, dass er gefährlich und unberechenbar war. Beo musste also auf der Hut sein!

Und noch eine Kleinigkeit gab ihm zu denken: Beos Schuhgröße war tatsächlich 43. Woher wusste der Anrufer das? War er doch ein alter … nein: Freund auf gar keinen Fall. Aber Bekannter? Woher auch immer. Es machte Beo fast rasend, dass der Unbekannte offenbar eine Menge über ihn wusste, während er keinen Schimmer hatte, wer Maarten war.

„Du spielst nicht fair", murmelte Beo. „Zeig dich doch mal!"

Andererseits: Das mit der Schuhgröße konnte auch Zufall sein. 43 war eine ziemlich gängige Größe, jedenfalls bei den Herren. Beo wusste das noch von seinem Vater. Der hatte in der Nähe von Bielefeld ein exklusives Schuhgeschäft betrieben, in dem sich die Kunden ihre Edeltreter nach Maß anfertigen ließen. Beo hatte in seiner Kindheit oft in der Werkstatt gesessen und fasziniert zugesehen, wenn wieder einmal ein neues Paar entstand. Und viele von denen hatte die Größen 42 und 43 gehabt.

„Lass dich nicht ins Boxhorn jagen", redete Beo sich selbst Mut zu. „Der Typ muss spätestens vor die Bilder kommen, wenn er an das Geld will, das ich allerdings gar nicht habe. Aber das scheint er ja nicht zu wissen."

Beo beschloss diesen Abend an seiner Hammond-Orgel mit einem Stück von Bach: ‚Bist du bei mir'. Mit diesem Titel konnte Beo wunderbar seine düsteren Gedanken verscheuchen.

Mit dem Rücken zur Wand

Maarten lag in seiner Zelle. Es ging ihm nicht gut. Heftige Hustenanfälle schüttelten ihn. Hin und wieder spuckte er Blut in ein Taschentuch, das griffbereit neben ihm lag. Gegessen hatte er schon seit zwei Tagen nichts. Nur ein bisschen Wasser getrunken.

Er schlief viel und hatte immer denselben Traum. Er saß in einem Auto und versuchte, den Motor anzulassen. Das funktionierte nicht. Der Anlasser stotterte ein paar Mal kurz. Dann Stille.

Maarten blickte in den Rückspiegel. Uniformierte verfolgten ihn und kamen ihm immer näher. Er blickte sich um. Seine drei Freunde hatten eben noch mit im Auto gesessen. Jetzt konnte er sie nirgends entdecken. Wo waren sie? Warum ließen sie ihn im Stich?

Plötzlich pfiffen Geschosse an ihm vorbei. Er musste sich wehren. Die Pistole lag griffbereit neben ihm. Er wollte nach ihr greifen. Aber seine Hand gehorchte ihm nicht. Sie fühlte sich wie gelähmt an. Was sollte er jetzt tun?

Dann saß plötzlich Beo neben ihm auf dem Beifahrersitz. Der griff nach der Pistole, entsicherte sie und schoss zurück. Die Verfolger verschwanden. Wo waren die beiden anderen?

Maarten wachte auf. An den Traum konnte er sich nur lückenhaft erinnern. Irgendetwas Aufregendes war geschehen. Er hatte im Auto gesessen. Beo Wulf war auch dabei gewesen. Beo? Wieso Beo?

Der Wärter kam und brachte ihm sein Frühstück.

Maarten trank nur einen kleinen Schluck vom Kaffee. Die belegten Brote und einen Becher Joghurt ließ er unangetastet stehen.

Dann nahm er ein Blatt Papier und einen Bleistift und begann zu schreiben. Das fiel ihm offenbar schwer. Es dauerte eine ganze Weile, bis er die paar Zeilen geschafft hatte. Er ruhte sich einen Moment aus. Dann las er das eben Geschriebene. Danach nickte er zustimmend und faltete den Zettel ganz klein zusammen.

Er rappelte sich von seinem Bett hoch. Das hatte er schon seit mehreren Tagen nur getan, wenn es unbedingt erforderlich war. Jede Bewegung strengte ihn nämlich an. Er tapste bis zum Ende seiner Zelle, verschnaufte kurz und suchte dann einen kleinen, verborgenen Spalt zwischen der Betonwand und dem Fußboden. Dann schob er den zusammengefalteten Zettel in den Spalt und ließ ihn darin verschwinden.

Maarten blieb ein paar Minuten mit dem Rücken zur Wand sitzen und ruhte sich aus. Dabei schloss er die Augen, und sofort kam der Traum zurück: das Auto, die Verfolger, die Pistole, die er nicht greifen konnte. Maarten öffnete die Augen und schlurfte langsam zu seinem Bett zurück. Er ließ sich darauffallen. Sofort schlief er ein und der Traum war wieder da.

Später schaute Pitter nach ihm. Maarten schien unruhig zu träumen. Er warf sich auf seinem Bett hin und her, stöhnte leise und murmelte etwas vor sich hin. Pitter beugte sich zu ihm herunter und versuchte zu verstehen, was Maarten sagte. Zuerst konnte er nichts erkennen. Dann meinte er „Nein, nein, Beo, tu es nicht!" zu hören.

Pitter schaute sehr nachdenklich und zog sich leise wieder zurück. Kurz vor der Tür drehte er sich noch einmal um. Für einen winzigen Moment kam es ihm so vor, als ob Maarten ihm nachschaute. Aber als er leise zum Bett zurückging, hatte der die Augen geschlossen und schlief.

Grenzenlos

Brasche und Lüdenkamp saßen mit ihrem Duisburger Kollegen Melters im Besprechungsraum. Sie hatten sich bereits telefonisch gegenseitig auf den aktuellen Stand gebracht. Es gab zwei Tote, je einen in Wesel und in Duisburg. Beide waren gewaltsam umgekommen. Der eine (Dirk Offenbach, 45) durch einen Schuss aus nächster Nähe; der andere wurde erdrosselt. Die Tatorte waren in beiden Fällen nicht identisch mit den Orten, an denen die Toten aufgefunden worden waren.

Auch Identität des zweiten Toten stand inzwischen fest. Es handelte sich um den 48-jährigen Knut Harmsen aus Leverkusen. Der war ebenfalls wegen mehrerer Drogendelikte verurteilt worden.

In beiden Fällen gab es absolut keine Täterspuren. Der oder die Täter mussten sehr sorgfältig vorgegangen sein.

„Wir wissen nicht, ob es eine Verbindung zwischen den Toten und Beo Wulf gib", sagte Brasche. „Ich habe heute Morgen noch mit Beo telefoniert und ihm unsere Erkenntnisse zu dem zweiten Toten durchgegeben. Er hat noch einmal bestätigt, dass er sowohl die beiden Toten als auch den seltsamen Anrufer nicht kennt."

„Von dem Anrufer wissen wir praktisch gar nichts", fuhr Lüdenkamp fort. „Die Versuche unserer Techniker, sein Telefon oder Handy zu orten, haben zu keinem brauchbaren Ergebnis geführt. Er scheint seine Anrufe mit Prepaid-Geräten zu führen, die er danach jeweils vernichtet. Das Einzige, das wir von ihm haben, sind die Gesprächs-Mitschnitte."

Brasche übernahm wieder: „Es ist immer dieselbe ziemlich leise, raue Stimme mit einem ganz leichten niederländischen Akzent. Hin und wieder hustet der Anrufer, so als wenn er stark erkältet ist."

„Es scheint jedenfalls festzustehen, dass euer Anrufer in beiden Fällen entweder selbst der Mörder ist, oder dass er jemanden mit den Morden beauftragt hat", sagte Melters. „Dass er ganz dicht an den beiden Morden dran war, ergibt sich aus dem inhaltlichen und zeitlichen Zusammenhang der Morde mit den Telefonaten. Was der Täter mit den Morden eigentlich bezweckt hat, ist mir übrigens schleierhaft."

„Das sehe ich genauso", stimmte Lüdenkamp zu. „Er hat so getan, als wenn Herr Wulf für die Morde verantwortlich ist, weil er irgendetwas nicht rechtzeitig getan hat. Was er aber genau tun sollte, weiß keiner. Am wenigsten Herr Wulf."

„Stimmt", ergänzte Brasche. „Er sollte offenbar Geld, das er nicht hat, an jemanden bezahlen, den er nicht kennt. Der Anrufer hat bis jetzt keine konkreten Angaben gemacht, wann und wo welcher Betrag deponiert übergeben werden soll."

„Doch. Jetzt ist ja definitiv der Betrag genannt worden: 1,2 Millionen Euro. Aber Ort und Zeitpunkt fehlen immer noch", korrigierte Lüdenkamp.

„Jedenfalls ist das alles sehr merkwürdig", stellte Melters fest. „Alle arbeiten mit Hochdruck, bei euch in Wesel und bei uns in Duisburg. Aber mir kommt das so vor, als wenn wir im Schlamm wühlen und nichts finden."

Im weiteren Verlauf des Gesprächs wurde beschlossen,

sen, eine gemeinsame Mordkommission ‚Tatort Kunst' zu gründen. Standort sollte in Wesel sein, weil dort der erste Tote entdeckt worden war. Dann sagte Lüdenkamp:

„Ich habe vorhin, als von dem ganz leichten niederländischen Akzent des Anrufers die Rede war, einen Moment daran gedacht, ob wir nicht mit den Mitschnitten zu Klokhuis nach Amsterdam fahren sollten. Es könnte doch womöglich auch ein Holländer hinter dem Ganzen stecken. Die beiden Toten sind zwar Deutsche, aber sie hatten mit Drogen zu tun. Da sind doch in unserer Region meistens die Holländer nicht weit."

„Die Idee ist gut", stimmte Brasche zu. „Wenn ihr einverstanden seid, würde ich mich so schnell wie möglich auf den Weg machen. Ich habe ja schon öfter mit Klokhuis Kontakt gehabt. Und ich halte es für sinnvoll, Beo Wulf mitzunehmen. Wulf und Klokhuis sind seit Jahren befreundet."

Es gab keine Einwendungen. So wurde beschlossen, den Vorschlag in die Tat umzusetzen. Brasche rief noch nachmittags bei Beo an und fragte ihn, was er von der Idee halte.

„Das finde ich ausgesprochen gut", erwiderte Beo. „Vielleicht hat Klokhuis ja schon mal mit den Toten zu tun gehabt; oder er hat eine Idee, wer der Anrufer sein könnte. Der kann ja genauso gut in Holland wie in Deutschland stecken. Außerdem ist es gut, wenn sich was bewegt. Ich komme mir ein bisschen vor wie eine Zielscheibe. Also, ich komme gern mit."

Brasche versprach, das Notwendige gleich am kommenden Vormittag zu regeln. Wenn er das Einverständnis von Klokhuis und einen Terminvorschlag hätte, würde er sich bei Beo melden.

Blaulicht und Sirene

Beo und Brasche saßen im Zug nach Amsterdam. Während der Fahrt hatten sie ausreichend Gelegenheit, den ganzen Fall noch einmal Revue passieren zu lassen. Beo machte deutlich, dass ihm die ganze Angelegenheit ziemlich auf den Geist ging. Er konnte sich kaum noch auf seine eigentlichen Aufgaben konzentrieren, solange nicht klar war, wer ihn so unter Druck setzte, und warum überhaupt. Beo war sich jedenfalls nach wie vor keiner Schuld bewusst. Und an einen Maarten, mit dem er einen Überfall begangen hätte, konnte er sich immer noch nicht erinnern.

„Natürlich nicht", wiederholte er. „Das ist kompletter Blödsinn. Mit dem Kerl muss die Fantasie durchgegangen sein! Aber wie kommt er ausgerechnet auf mich?"

„Das ist genau die Frage, die uns auch schon die ganze Zeit beschäftigt", sagte Brasche. „Warum ausgerechnet du? Es muss doch irgendeine Verbindung zwischen diesem Maarten und dir geben."

„Ich kenne jedenfalls keine", stellte Beo fest. Sie waren kurz vor Amsterdam.

„Ich bin gespannt, wie das gleich abläuft", sagte Beo.

„Wieso?", wollte Brache wissen.

„Warte mal ab", erwiderte Beo. „ich bin ja schon einmal hier gewesen. Klokhuis hat da so seine Gewohnheiten."

Die dann folgende Zeremonie lief genauso ab, wie Beo sie von seinem ersten Besuch bei Klokhuis vor zwei Jahren in

Erinnerung hatte: Ein Polizeiwagen mit Blaulicht und Sirene holte sie am ‚Centraal Station' ab und brachte sie zum Kommissariat. Dort nahm Henk Klokhuis, ‚inspekteur bij de recherche' und Chef der Amsterdamer Drogenabteilung, die beiden in Empfang. Dann ging er mit ihnen ein paar Schritte bis zu einem kleinen gemütlichen Restaurant ganz in der Nähe des Polizeipräsidiums. Nach einem Begrüßungs-Jenever lud er sie zu einem leckeren Essen ein.

Während der Mahlzeit informierten Brasche und Beo ihren Gesprächspartner über die bisherigen Erkenntnisse im Fall ‚Tatort Kunst'. Dann sprachen sie über die Telefonmitschnitte.

„Das interessiert mich natürlich sehr", sagte Klokhuis. „Lasst uns noch einen Jenever zum Abschluss nehmen. Dann gehen wir zurück ins Präsidium. Dort können wir uns die Mitschnitte anhören."

Aus dem einen Jenever wurden dann drei. Klokhuis und Beo tauschten ihre Erinnerungen an die Zeit aus, als Beo noch im Bielefelder Polizeipräsidium in der Rauschgiftabteilung tätig war und diverse Male mit Klokhuis zu tun gehabt hatte, wenn es um niederländische Täter ging, die auch in Ostwestfalen ihr Unwesen trieben.

Durch die Mauer

Die drei saßen in einem Verhörraum. Ein Mitarbeiter legte das Band ein und startete das Gerät. Klokhuis schloss die Augen, um konzentriert zuhören zu können.

„Das gibt's nicht! Das ist Emmenstraat!", rief er dann ganz aufgeregt, als er die ersten Wörter gehört hatte. „Das ist unser alter Freund Emmenstraat!"

Beo konnte mit dem Namen nicht sofort etwas anfangen. Brasche half ihm auf die Sprünge:

„Emmenstraat ist der richtige Name von ‚de Mol'."

„De Mol?", fragte Beo erstaunt. „Unser de Mol?"

„Ja", bestätigte Klokhuis. „Unser gemeinsamer Freund Emmenstraat/de Mol."

„Du bist dir völlig sicher?", wollte Brasche wissen.

„Hundertprozentig", erwiderte Klokhuis.

„Aber Emmenstraat hat doch ganz anders geklungen", wandte Brasche ein. „Nicht so leise und rau. Und er hat auch nicht so fließend Deutsch gesprochen. Das war mehr Holländisch als Deutsch. Ich habe ihn doch damals mehrfach vernommen."

„Emmenstraat sitzt schon ein paar Jahre hier in Amsterdam. Er hat die Zeit gut genutzt; unter anderem, um perfekt Deutsch zu lernen. Überhaupt hat er sich zu einem ganz mustergültigen Häftling gewandelt. Sozusagen vom Saulus zum Paulus. Ich habe kürzlich noch in einer anderen Sache mit dem Anstaltsleiter gesprochen. Der war total begeistert von seinem Musterknaben."

„Kaum zu glauben", sagte Brasche. „Aber die Stimme. Das ist nicht derselbe Emmenstraat, den ich im Ohr habe."

„Emmenstraat hat seit ein paar Monaten Lungenkrebs. Unheilbar. Das ist ihm auch auf die Stimme geschlagen. Deshalb spricht er so leise und kratzig. Überhaupt fällt ihm das Sprechen schwer", klärte ihn Klokhuis auf.

„Könnt ihr mich bitte mal aufklären, wie dieser schwer kranke Emmenstraat aus dem Gefängnis heraus die Telefonanrufe getätigt haben soll? Und wie er es geschafft haben soll, zwei Menschen in Wesel und Duisburg umzubringen? Oder ist er inzwischen wieder frei", fragte Beo ungläubig.

„Das kann ich dir auch nicht erklären", antwortete Klokhuis. „Emmenstraat hat noch ein paar Jahre. So weit ich weiß, hat er sogar ausdrücklich darum gebeten, ihn trotz seiner Krankheit so weit wie möglich als ‚normalen Häftling' zu behandeln. Das Gefängnis darf er jedenfalls nicht verlassen. Und er hat es auch nicht verlassen; da bin ich ganz sicher."

„Dann müsste er also jemanden beauftragt haben, der für ihn die Morde ausgeführt hat", stellte Brasche fest.

„Das ist nicht unmöglich", sagte Klokhuis. „Auch im sichersten Gefängnis sind die Mauern nie ganz dicht. Die Gefangenen haben untereinander Kontakt. Sie bekommen Besuch. Manchmal lassen sich auch Aufseher oder andere Beschäftigte zu Unerlaubtem überreden. Das alles darf nicht sein. Aber es geschieht."

„Und die Anrufe? Die muss doch Emmenstraat selbst geführt haben. Wie hat er das denn gemacht?", fragte Beo.

„Das ist noch die leichteste Übung für einen Häftling.

So wie immer wieder Drogen und alle möglichen anderen Waren in Gefängnisse geschmuggelt werden, so kommen auch Handys auf geheimnisvollen Wegen hinein. Das ist zwar verboten, aber lückenlos verhindern kann man es nicht. Wir werden das nachprüfen."

„Bleibt für mich noch eine letzte, aber entscheidende Frage: Warum hat Emmenstraat ausgerechnet mich im Visier?", fragte Beo. „Ich habe doch bei seinen Aktivitäten in Wesel am allerwenigsten mit ihm zu tun gehabt."

„Das kann ich dir auch nicht erklären", antwortete Klokhuis. „Aber ich werde dem Herrn gleich morgen einen längeren Besuch abstatten. Das werden wir schon herausfinden. Lasst mir die Mitschnitte bitte hier."

„Die kannst du behalten. Das sind Kopien."

„Okay. Bedankt."

Brasche und Beo machten sich wieder auf den Rückweg nach Wesel. Sie kehrten ein kleines bisschen schlauer zurück. Aber der ganze Fall war trotzdem nicht weniger rätselhaft als vor ihrem Ausflug nach Amsterdam.

Plötzlich und unerwartet

Beo kümmerte sich am nächsten Tag als Erstes um seinen Job. Er erstellte einen detaillierten Zwischenbericht mit diversen Anlagen. Dann schlug er seinem Auftraggeber vor, die Untersuchung firmenintern weiterzuführen. Seine Beobachtungen und Prüfungen in den einzelnen Filialen hätten auch nicht die Spur einer Unregelmäßigkeit ergeben. Darüber hinaus sei ihm aufgefallen, dass sich der Warenschwund völlig gleichmäßig in allen Filialen festgestellt worden sei. All das lasse darauf schließen, dass die Ursachen dafür bereits vor der Anlieferung in die Filialen zu suchen seien.

Als Beo gerade damit fertig war und das Ganze in einen ‚VERTRAULICH!-Umschlag verpackt hatte, klingelte das Telefon. Beo knurrte: „Warte, du Bursche!", und nahm ab. Aber es war nicht, wie vermutet, Emmenstraat/de Mol, sondern Brasche.

„Du glaubst nicht, was mir Klokhuis gerade berichtet hat", sagte der ganz aufgeregt.

„Du wirst es mir gleich sagen", antwortete Beo.

„Emmenstraat ist vor einem Monat gestorben!"

Nach einer kurzen Pause erwiderte Beo ungläubig: „Das gibt's doch nicht!"

„Doch", sagte Brasche. "Es steht unzweifelhaft fest, dass Emmenstraat seinem Lungenleiden erlegen ist. Bereits vor gut vier Wochen."

„Und die Telefonanrufe? Habe ich mit seinem Geist gesprochen?", fragte Beo erregt. „Oder hat sich Klokhuis geirrt, und der Anrufer war gar nicht Emmenstraat?"

„Klokhuis muss sich geirrt haben. Das kann ja gar nicht anders sein. Aber er ist sich immer noch sicher, Emmenstraat auf dem Band gehört zu haben. Obwohl das unmöglich ist. Er lässt einen Stimmvergleich mit früheren Vernehmungsmitschnitten durchführen. Sobald er das Ergebnis hat, meldet er sich wieder bei mir."

„Okay. Müssen wir also weiter warten und rätseln", sagte Beo deprimiert. „Langsam geht mir die Sache auf die Nerven."

„Das kann ich gut verstehen."

„Übrigens", sagte Beo, „wir haben gar nicht darüber gesprochen, warum sich Emmenstraat als ‚Maarten' ausgegeben hat. Wenn es überhaupt Emmenstraat war. Wieso Maarten?"

„Das weiß ich nicht", erwiderte Brasche. „Aber Emmenstraat hat ja damals auch unter einem anderen Namen agiert. So unmöglich ist das also nicht."

„Stimmt", bestätigte Beo. „Warten wir also zuerst mal das Ergebnis aus Holland ab."

Beo rief in England bei Enna an. Er wusste zwar aus einigen SMS-Nachrichten, dass es ihr gut ging. Aber zu längeren Telefongesprächen hatte er bis jetzt weder Zeit noch Ruhe gehabt. Jetzt nahm er sich die Zeit, um Enna über den Stand der Dinge zu informieren und sich von ihr ausgiebig berichten zu lassen, wie ihre Freundin Anne und sie ihre Zeit verbrachten: mit Ausflügen, Kino- und Theaterbesuchen, Shopping-Touren und endlosen Gesprächen.

Beo gönnte ihr all das. Er war froh, dass sie aus der Gefahrenzone war und sich - fern von allem Unheil - erholen konnte. Ihre Gedanken waren sicher trotzdem oft bei ihm. Anne hatte vorgeschlagen, dass Beo nachkommen sollte, wenn zu Hause alles vorbei wäre. Darüber mochte Beo im Moment zwar nicht entscheiden, aber die Möglichkeit, ein paar Tage mit Enna und Anne in England zu verleben, reizte ihn schon.

Geisterstimme

Klokhuis hatte für den nächsten Tag einen Termin mit dem Leiter des Amsterdamer Gefängnisses, Bram Biemolt, vereinbart. Sie sprachen zunächst über Emmenstraat. Biemolt bestätigte die Auskünfte, die Klokhuis bereits über Emmenstraat hatte. Er war in den ganzen Jahren ein sehr angenehmer Gefangener: Immer bemüht, nicht anzuecken, möglichst viel Neues zu lernen und sich intensiv auf seine zukünftige Freiheit vorzubereiten. Besonders die deutsche Sprache hatte ihn sehr interessiert. So hatte er zum Schluss praktisch fehlerfrei Deutsch gesprochen, allerdings mit einem ganz leichten verbliebenen niederländischen Akzent.

Klokhuis hatte die Telefonmitschnitte mitgebracht. Als er Biemolt ein paar Minuten davon vorgespielt hatte, sagte der voller Überzeugung: „Das ist er! Das ist Emmenstraat!"

Klokhuis fragte: „Kein Zweifel?"

„Nein, absolut kein Zweifel."

„Was sagen Sie, wenn ich Ihnen verrate, dass die Mitschnitte nach Emmenstraats Tod entstanden sind?"

Ungläubiges Kopfschütteln. Dann: „Das kann gar nicht sein."

„Es ist aber unzweifelhaft so", entgegnete Klokhuis. „Unsere Techniker sind dabei, die Aufnahmen mit früheren Vernehmungsmitschnitten von Emmenstraat zu vergleichen. Dann wissen wir endgültig Bescheid. Obwohl, das Ergebnis steht ja jetzt schon fest: Emmenstraat kann nicht selbst zu einer Zeit telefoniert haben, in der er schon tot war. Es sei denn, wir hätten es mit seinem Geist zu tun."

„An solchen Unsinn glaube ich nicht", sagte Biemolt. „Es muss eine andere Erklärung geben."

„Das sehe ich genau so", stimmte ihm Klokhuis zu. „Wer hatte denn von draußen Zugang zu Emmenstraat? Und mit wem hat er hier Kontakt gehabt? Wie müssen diesen ganzen Personenkreis befragen. Es muss irgendjemanden geben, der in der Lage ist, exakt so zu sprechen wie Emmenstraat. Ein Stimmenimitator oder so etwas in der Art."

„Oh", erwiderte Biemolt. „Da werdet ihr aber viel Arbeit haben. Die Kontakte von draußen sind zwar nicht so zahlreich. Sein Anwalt und einer Nichte, die ihn ab und zu besucht; das war's denn auch schon. Aber hier im Hause? Personal, Betreuer, Geistliche, Psychiater und diverse Mithäftlinge, die gemeinsam arbeiten und ihre Freizeit verbringen, sich auch in den Zellen treffen. Das sind eine ganze Menge."

„Egal. Das soll uns nicht schocken. Wir müssen herausbekommen, wer dieser Emmenstraat-Imitator ist. Und das so schnell wie möglich. Es gibt bereits zwei Tote, und es ist nicht auszuschließen, dass der Täter weitermacht."

„Vielleicht findet ihr hier jemanden, der wie Emmenstraat spricht und sich am Telefon als Emmenstraat ausgegeben hat."

„Nicht als Emmenstraat!", unterbrach ihn Klokhuis. „Als Maarten."

„Na gut. Dann eben als Maarten. Weiß der Kuckuck,

warum er sich als Maarten ausgegeben hat. Aber ihr werdet niemanden finden, der hier munter aus- und eingeht, wie es ihm gefällt. Unsere Mauern sind absolut dicht, und insbesondere die ‚schweren Jungs' haben keine Möglichkeit, die Anstalt zu verlassen. Auch nicht für ein paar Minuten. Wenn ich dich richtig verstanden habe, sind die beiden Morde sogar in Deutschland passiert. Das ist doch völlig undenkbar."

„Wir haben schon oft gedacht, dass etwas undenkbar ist", widersprach Klokhuis. „Und manchmal an Ende dann doch festgestellt, dass es irgendwo eine winzige Lücke gab, durch die die Täter schlüpfen konnten."

„Nicht bei uns! Dafür garantiere ich. Wir haben eins der am besten gesicherten Gefängnisse in ganz Europa. Darauf sind wir stolz, und diesen guten Ruf werden wir uns nicht kaputtmachen lassen."

„Warten wir's ab", sagte Klokhuis. „Ich wünsche dir, dass es so ist. Aber ich bin erst endgültig überzeugt, wenn wir die Lösung dieses Rätsels gefunden haben."

Zeit ist Geld

Zwei Dinge wurden in den nächsten Tagen geklärt: Zum einen konnte Beo seinen Auftrag für den Discounter als erledigt betrachten. Aufgrund seiner Empfehlung hatte man sofort eine unangemeldete Revision durchgeführt und dabei festgestellt, dass über einen längeren Zeitraum in einem Zentrallager die gesamten Warenlieferungen manipuliert worden waren. Mehrere Mitarbeiter aus dem mittleren Management waren an diesem Betrug beteiligt. Sie wurden unverzüglich entlassen und bei der Staatsanwaltschaft angezeigt. Beo erhielt eine Vergütung, von der er bequem ein paar Monate leben konnte. Das verschaffte ihm jetzt die notwendige Zeit, sich um ‚Maarten' zu kümmern.

Zweitens teilte ihm Brasche das Ergebnis der Sprachvergleiche mit. Wie zu erwarten, war kein Geist im Spiel. Vielmehr hatten die Untersuchungen ergeben, dass die beiden Stimmen – die von Emmenstraat und die des unbekannten Anrufers – sich so sehr ähnelten, dass man mit bloßem Ohr keine Unterschiede feststellen konnte. Es war demnach sehr verständlich, dass Klokhuis und Biemolt gemeint hatten, Emmenstraats Stimme wiederzuerkennen.

Der Computer im Amsterdamer Polizeipräsidium dagegen ließ sich nicht ins Bockshorn jagen. Er erkannte sofort die kleinen Unterschiede. Dabei spielten die Veränderungen bei Emmenstraats Stimme – vor und nach seiner Erkrankung – keine Rolle.

Der Polizei-Experte hatte festgestellt, dass jemand, der Emmenstraat sehr gut kennen musste, sich offenbar bemüht hatte, möglichst genauso wie dieser zu sprechen. Das sei ihm erstaunlich gut gelungen. Er habe noch selten eine so gelungene Stimmenimitation gehört.

„Jetzt müssen wir nur noch herausfinden, wer das ist", hatte Brasche mit einem leicht zweifelnden Unterton gesagt.

Beo schlenderte nachmittags durch die Weseler Fußgängerzone. Er brauchte ein wenig Ablenkung. Auf dem Leyensplatz gönnte er sich einen Cappuccino. Er saß draußen vorm „Lomber's – the house of coffee" und beobachtete die vorbeilaufenden Passanten. Die gesamte Fußgängerzone wurde seit einiger Zeit neu gestaltet. Der erste Bauabschnitt vom Kaufhof bis zum Leyens-Platz war schon fertiggestellt. Der ‚Flanierbereich' war mit hellbeige-farbenen Betonsteinen belegt. Über die Farbe hatten die Weseler schon seit Monaten ziemlich kontrovers diskutiert. Manche fanden sie zu hell und fühlten sich bei schönem Wetter geblendet. Außerdem hatten sich die hellen Steine als sehr empfindlich erwiesen. Achtlos weggeworfene Kaugummireste hinterließen störende dunkle Stellen. Dazu kam eine ständig zunehmende Zahl von Fettflecken. Eine Lokalzeitung titelte: „Fettecke. Das Pflaster der neuen Fußgängerzone offenbart ein Problem: Pommes und Co. sorgen für unschöne Flecken."

‚Fettecke' war vermutlich eine Anspielung auf das gleichnamige Kunstwerk von Joseph Beuys, der im April 1982 in einer Ecke seines Ateliers in der Düsseldorfer

Kunstakademie fünf Kilogramm Butter anbrachte. Nach Beuys' Tod wurde das Fett durch den Hausmeister der Kunstakademie entfernt, was diesem viel Ärger und dem Eigentümer des Kunstwerks 40.000 DM einbrachte.

Fettstein

Ob die neue Fußgängerzone - mit oder ohne Fett - irgendwann einmal den Geschmack aller Weseler treffen würde, das musste sich erst noch herausstellen. Beo fand den Teil, der jetzt schon zu sehen war, jedenfalls gut. Ihm gefiel das ‚kühl-nüchterne und glattkantige neue Outfit'. So hatte es der Redaktionsleiter einer Weseler Tageszeitung bezeichnet. Und die Helligkeit der Steine störte ihn nicht. Wenn die Sonne schien, trug er sowieso immer seine Sonnenbrille. In diesem Sommer war das allerdings eher selten der Fall gewesen.

Das parallel zum Flanierbereich verlaufende Aktionsband, auf dem schon ein paar farbenfrohe Spielelemente in Form von Wieseln und Bänke aufgestellt waren, bildete mit seinem dunklen Anthrazit einen kräftigen Kontrast. ‚Hellbeige-changierendes Pflaster mit grauer Bänderung' hieß das gesamte Arrangement offiziell. In dieses fügten sich auch die schmalblättrigen Purpur-Eschen sehr gut ein, die im Herbst eingesetzt worden waren, nachdem sie ihr Laub abgeworfen hatten. Gräser in unterschiedlichen Grüntönen wie Bärenfellschwingel und Lampenputzergras sorgten schon jetzt für ein paar Farbtupfer. Später würden Blumen in speziell ausgesuchten, kontrastierenden Farben dazukommen: weiße Astilben, Anemonen und Astern; Seidenhut, Blutweiderich und Ehrenpreis in verschiedenen Rot-Tönen; Sonnenhut, Schafgarbe und Färberkamille in Gelb; und schließlich blaue Astern, Katzenminze und Kugelblumen. Im Frühjahr sollten diese Arrangements noch mit jeweils farblich dazu passenden Tulpen ergänzt werden.

Auch das ‚Hanseband' war schon ansatzweise zu erkennen. Unzählige 30 mal 30 Zentimeter große graue Pflastersteine mit jeweils einem einpolierten Buchstaben wurden wie in einem riesigen Scrabble-Spiel entlang der gesamten Fußgängerzone – also vom Berliner Tor-Platz bis zum Großen Markt - so verlegt, dass nach der Fertigstellung insgesamt 185 Namen der Städte zu lesen sein würden, die in grauer Vorzeit Mitglied des Hansebundes gewesen waren. Angeordnet wurden sie entsprechend ihrer geografischen Lage von Ost nach West.

Über dieses Hanseband war in den vergangenen Monaten in Wesel ebenfalls heftig diskutiert worden. Kritiker störten sich vor allem daran, dass ein paar Städtenamen durch dazwischen stehende Laternen unterbrochen wurden. Laut ‚Wesel Marketing' war das unvermeidbar, „weil die Buchstaben ja schließlich ausreichend ausgeleuchtet werden müssen".

Auf dem Leyens-Platz direkt vor sich konnte Beo bereits den neuen Brunnen, einen kreisförmigen Tisch mit knapp vier Metern Durchmesser, bewundern. Auch das viel diskutierte Kunstwerk ‚vesalia hospitalis' war im Rahmen der Neugestaltung der Fußgängerzone renoviert worden. Noch vor wenigen Wochen hatte es ein bisschen heruntergekommen ausgesehen. Es war eingezäunt und während der Umbauphase anscheinend als willkommene Mülldeponie benutzt worden. Beo war es schwergefallen, die 1992 von Victoria Bell aus starken Holzbohlen geschaffene Skulptur gedanklich mit der ersten Stadtkirche Wesels in Verbindung zu bringen, an die sie eigentlich erinnern sollte. ‚Sie wirkt jetzt mit lauter Sperrgut wie zur Abfuhr bereit', hatte eine Weseler Tageszeitung denn auch treffend festgestellt. Es sehe dort aus ‚wie bei Hempels unterm Sofa'.

Jetzt wirkte der Leyens-Platz schon wieder ganz anders: mit dem Wasserfilm, der permanent über den Brunnen lief, und der Lichtinstallation, die abends den gesamten Leyens-Platz in Szene setzte.

Beo stand auf, mit seinem Cappuccino-Becher in der Hand, um einen freien Blick über den ganzen Platz zu haben. In diesem Augenblick meinte er, jenseits der Skulptur einen schlanken Mann mit einer auffälligen gelbgrünen Schirmmütze zu sehen. Beo knallte den Becher auf den kleinen Bistro-Tisch und rannte zu der Skulptur und um sie herum. Aber der Mann war verschwunden. Als Beo wieder zu seinem Platz zurückkam, wartete dort schon die Kellnerin, die ihn mit einem nicht besonders freundlichen Blick empfing.

„Ich dachte schon, sie wären …", sagte sie vorwurfsvoll.

Beo unterbrach sie: „Keine Angst. Ich bin kein Zechpreller. Ich dachte, ich hätte einen Bekannten gesehen." Er bestellt sich noch einen Cappuccino. Dann kam er ins Grübeln. Wenn er wirklich den Mann mit der gelbgrünen Mütze aus Duisburg gesehen hatte, dann konnte das kaum ein Zufall sein. Das würde bedeuten, dass der Typ Beo beobachtete. Aber das war eigentlich schon vorher klar gewesen. Wie sonst hätte er so viel über Beo und Enna wissen können.

„Moment", sagte Beo so laut, dass die Kellnerin fast den Cappuccino verschüttet hätte, den sie gerade servieren wollte. Als sie wieder gegangen war, murmelte er: „Ich weiß doch gar nicht, ob der Mützenmann überhaupt etwas mit dem unbekannten Anrufer zu tun hat. Der kann ja auch ganz zufällig hier rumlaufen.

„Zu viele Zufälle", murmelte Beo. Dann trank er den Cappuccino aus, bezahlte und ging durch die Fußgängerzone zurück zu seinem Auto.

Teil III

Grußworte
Koloratur
Bleichgesicht
Geldsack
Umleitung
Vesalia hospitalis
Rutschpartie
Wahrnehmungsstörung
Sightseeing
Geschnappt
Alte Bekannte
Geheimnisse
Überraschung
Trugschluss
Russisches Roulette
An der Reihe
Vorlesung

Grußworte

Zeitungsbote Berger war wie jeden Morgen schon ziemlich früh unterwegs. Auf seinem Weg vom Großen Markt zum Berliner Tor begegnete ihm um diese Zeit üblicherweise keine Menschenseele. Deshalb hatte er sich angewöhnt, den Skulpturen und Brunnen jedes Mal einen freundlichen Gruß zuzurufen, wenn er an ihnen vorbeikam.

Vor Kurzem waren einige fröhlich-bunte Wiesel-Figuren dazugekommen. Die grüßte er besonders gern. Und er hatte den Eindruck, dass sie - jedenfalls die mit den Stahlfedern unterm Bauch - dann jedes Mal freundlich zurücknickten. Sie hatten ihre eigentliche Aufgabe, als Kinderspielzeug zu dienen, zwar bisher noch nicht aufnehmen können. Zunächst, weil die Farbe abblätterte; dann, weil die Bodenverankerungen nicht sicher genug hielten; und schließlich, weil sich die Stadt mit der Firma „kabbelte", die für den speziellen Bodenbelag rund um die Figuren zuständig war. Aber sie sahen schon jetzt lustig aus und brachten ein wenig Farbe in die Fußgängerzone, wenn sie auch noch in „Käfigen" eingesperrt waren.

Gerade war Berger mit einem freundlichen „Guten Morgen, altes Haus" an der Holzskulptur ‚vesalia hospitalis' vorbeigelaufen. Ihm war dabei nichts Außergewöhnliches aufgefallen.

Als er nach einiger Zeit auf der anderen Straßenseite zurückkehrte, fiel ihm dagegen sofort der Mann auf, der auf der dicken Eichenbohle im hinteren Drittel der

Skulptur saß und scheinbar schlief. Der Mann war ziemlich dünn, dunkel gekleidet, und er hatte eine auffällige gelbgrüne Schirmmütze auf dem Kopf. Der Zeitungsboten konnte das alles gut erkennen, weil das Innere der Skulptur durch einen im Boden eingelassenen Spot beleuchtet wurde.

Berger wunderte sich, dass die Lampe zu dieser nachtschlafenden Zeit brannte, dachte sich aber nichts dabei. Er dachte auch nicht daran, den Schläfer aufzuwecken, sondern er ging mit einem „Schnarch schön weiter" zum nächsten Briefkasten.

Als Berger gerade wieder am Großen Markt ankam, raste plötzlich ein Rettungswagen mit Blaulicht an ihm vorbei in Richtung Leyens-Platz. Dort hielt er an. Neugierig geworden, lief Berger die 150 Meter zurück. Er sah, dass mehrere Männer in orangefarbenen Anzügen sich um den Mützenmann im Innern der Skulptur kümmerten. Der lag jetzt zusammengesunken auf der Bank. Seine Mütze war ihm vom Kopf gefallen.

Kurz danach kam ein Polizeiwagen, dem Kriminalhauptkommissar Brasche und ein weiterer Polizist entstiegen. Berger erkannte Brasche sofort. Er hatte ihn im Zusammenhang mit früheren Fällen einige Male auf Zeitungsfotos gesehen.

Der Mann in der Holzskulptur schien tot zu sein. Berger schloss das daraus, dass das Rettungsfahrzeug nach kurzer Zeit wieder abfuhr, ohne den Mann mitzunehmen.

Brasche stand nachdenklich vor der Skulptur. Er war sofort informiert worden, nachdem einer der Ladeninhaber in der Nähe die 002 angerufen hatte. Tote in Kunstwerken, darauf wurde zurzeit äußerst sensibel reagiert.

Der Arzt im Rettungswagen hatte definitiv festgestellt, dass der Mann tot war. Eigentlich hatte er eine natürliche Todesursache bescheinigen wollen, aufgrund eines Einwandes von Brasche dann aber doch ‚ungeklärt' in das Formular geschrieben.

Dann hatte Brasche den Zeitungsboten entdeckt und ihn nach seinen Wahrnehmungen befragt.

„Wann haben Sie den Toten zuerst gesehen?", fragte er.

„Auf meiner Zeitungsrunde, auf dem Rückweg. Das muss ungefähr um 5.00 Uhr gewesen sein."

„Haben Sie da gleich gemerkt, dass er tot war?"

„Nein, überhaupt nicht. Er hat so ausgesehen, als wenn er ganz friedlich schläft. Ich habe ihm noch ‚Schlaf schön' oder so etwas zugerufen."

„War er denn auf Ihrem Hinweg auch schon da?", wollte Brasche wissen.

„Das weiß ich nicht. Ich bin an dem Holzdenkmal vorbeigelaufen. Von der Seite konnte ich nicht hineinsehen. Ich hatte ja auch keinen Anlass dazu."

„Das stimmt. Sie sind dann also – auf dem Rückweg – einfach weitergegangen?"

„Ja. Ich hatte ja keine Ahnung, dass der tot ist. Ich bin erst aufmerksam geworden, als der Rettungswagen an mir vorbei raste."

„Gut. Geben Sie meinem Kollegen Ihren Namen und Ihre Adresse. Vielleicht brauchen wir Sie später noch."

Brasche konnte sich noch gut an die Beschreibung des Mannes erinnern, den Beo und Enna in Duisburg gesehen hatten: dünn, dunkel gekleidet, ungepflegt und mit einer gelbgrünen Schirmmütze auf dem Kopf. Das passte haargenau zu dem Mann, der jetzt vor ihm in der Skulptur lag. Trotzdem fehlte irgendetwas. Brasche grübelte. Dann fiel es ihm ein: die gelben Gummistiefel!

„Ach was!", sagte er dann. „Quatsch! Die hat doch gar nicht der Mützenmann angehabt, sondern seine Opfer!"

Brasche bemerkte, dass er automatisch den Mützenmann zum Täter gemacht hatte. Dabei stand doch gar nicht fest, ob der überhaupt etwas mit dem Fall zu tun hatte. Jetzt lag er jedenfalls tot in einem Kunstwerk, wie die anderen Opfer.

Inzwischen waren die Kollegen von der Spurensicherung eingetroffen. Brasche beschloss, denen das Feld zu überlassen und ins Büro zu fahren. Es war zwar noch früh, aber dort konnte er ungestört weitergrübeln.

Koloratur

Lüdenkamp klopfte an Brasches Tür. Obwohl keine Antwort kam, trat er ein.

„Habe ich mir doch gedacht: Der Herr schläft!", sagte er.

Brasche saß bequem zurückgelehnt in seinem voluminösen Ohrensessel, den der vor Kurzem auf einem Flohmarkt entdeckt hatte.

„Der Herr schläft nicht, der Herr denkt nach!", korrigierte Brasche.

„Aha. Über was denkt der Herr nach? Und was ist dabei herausgekommen?"

„Hol uns mal einen Kaffee", sagte Brasche. „Dann erstatte ich dir Bericht. Und dann können wir gemeinsam weitergrübeln."

Lüdenkamp verschwand. Brasche nahm ein Din-A4-Blatt von seinem Schreibtisch, auf dem er alle Beteiligten im Maarten-Fall gruppiert hatte. In der Mitte war ein dünnes Männchen mit einer gelbgrünen Schirmmütze zu sehen. Die Mütze hatte Brasche mit Textmarkern koloriert. Unter dem Männchen stand: „Mützenmann (Maarten?)". Rundherum waren die übrigen Namen verteilt: Dirk Offenbach (aufgefunden vorm Weseler Bahnhof, Gutbub-Skulptur; erschossen). Knut Harmsen (aufgefunden in der Duisburger Innenstadt, Lebensretter-Brunnen; erdrosselt). Beo Wulf (angeblich Komplize bei einem Überfall; 1,2 Mio Beute).

Lüdenkamp kam mit dem Kaffee zurück. Er blickte auf Brasches Zettel. „Ist das Ergebnis deiner Denkarbeit? Soweit waren wir doch gestern auch schon", stellte er dann fest.

„Du hast recht", gab Brasche zu. „Aber ich habe alles noch mal zusammengefasst. Mehr haben wir im Moment nicht. Alles andere ist Spekulation."

„Stimmt. Aber du gehst davon aus, dass der Mützenmann und Maarten identisch sind. Das ist doch auch Spekulation."

„Ja. Deshalb habe ich ja auch ein Fragezeichen dahinter gesetzt."

„Das werden wir ja hoffentlich bald wissen", sagte Lüdenkamp. „Vielleicht erkennt Beo den Mützenmann wieder. Oder irgendjemand kennt ihn. Oder er wird irgendwo vermisst."

„Selbst wenn Beo ihn wiedererkennen sollte: Das bringt uns kein Stück weiter. Dann wissen wir auch nur, dass Beo den Toten einmal in Duisburg und einmal in Wesel gesehen hat. Wer er ist, und was er da wollte, weiß bis jetzt niemand."

„Das stimmt. Und vor allem wissen wir nicht, ob der Mützenmann Maarten ist."

„Maarten ist doch tot!", entgegnete Brasche.

„Nein", widersprach Lüdenkamp. „Emmenstraat alias de Mol ist tot. Maarten treibt munter weiter sein Unwesen!"

„Vielleicht jetzt nicht mehr", hoffte Brasche.

„Hoffentlich", meinte Lüdenkamp.

Es klopfte an der Tür. Brasche brummelte „Jaah". Eine Kollegin kam herein. „Von der Gerichtsmedizin."

„O ja. Gib mal her."

Brasche und Lüdenkamp beugten sich über das Papier und begannen gespannt darin zu lesen.

Bleichgesicht

Laut Bericht des gerichtsmedizinischen Instituts war der Tote aus der ‚vesalia hospitalis' eines natürlichen Todes gestorben, genauer gesagt: an Herzversagen. Irgendwelche Anzeichen für äußere Gewalt waren nicht gefunden worden. Auch keine Spuren von Alkohol, Drogen oder anderen Giftstoffen.

Der Tote war zwischen 65 und 70 Jahre alt und in keiner allzu guten Verfassung. Alles in allem machte er den Eindruck eines Obdachlosen, der schon seit mehreren Jahren auf der Straße lebte. Die Identität war nicht feststellbar. Es waren weder Ausweispapiere noch irgendwelche anderen Beweismittel gefunden worden, die darauf schließen ließen, wer der Tote war. Die Fingerabdrücke waren in der zentralen Kartei nicht bekannt.

Brasche rief Beo an und informierte ihn über die Vorgänge der vergangenen Nacht.

„Du glaubst jetzt, dass der Tote mein Freund von der Dachterrasse in Duisburg ist?", vermutete Beo.

„Spontan habe ich das gedacht. Aber inzwischen sind mir Zweifel gekommen", sagte Brasche. „Das Äußere stimmt ziemlich genau mit deiner Beschreibung überein. Aber ich kann mir nur schlecht vorstellen, dass ein fast siebzigjähriger Obdachloser hinter unseren Fällen steckt."

„Ich habe nie behauptet, dass der ‚Mützenmann' etwas mit unseren Fällen zu tun hat", widersprach Beo. „Mir ist nur ein zeitlicher Zusammenhang zwischen seinen Auftritten und den Vorgängen hier in Wesel und in Duisburg aufgefallen. Es kann aber genauso gut sein, dass der Mützenmann mit den beiden Morden und mit den Telefonanrufen überhaupt nichts zu tun hat."

„Das sehe ich genauso", stimmte ihm Brasche zu. „Um sicher zu gehen, bitte ich dich, dir den Toten anzusehen. Ob das der Mützenmann ist oder nicht."

„Das will ich gern machen", sagte Beo. „Aber ist bin nicht sicher, ob das etwas bringt. Ich habe das Gesicht des Mützenmannes nur zweimal kurz gesehen; und beide Male im Schatten, also kaum erkennbar."

„Na, trotzdem. Lass es uns versuchen."

„Okay. Ich komme".

Die beiden fuhren wenig später gemeinsam nach Duisburg. Unterwegs unterhielten sie sich über den Fall. Beo erklärte, dass ihm das Ganze ziemlich an die Nerven gehe.

„Das kann ich gut verstehen", sagte Brasche. „Uns geht es auch nicht viel anders. Wir haben praktisch nichts."

Das Ergebnis im gerichtsmedizinischen Institut war ebenfalls nicht zufriedenstellend. Beo versuchte, das bleiche Gesicht auf der Bahre mit seinen Erinnerungen in Übereinstimmung zu bringen. Das funktionierte überhaupt nicht. Der Mann war ihm völlig unbekannt.

„Ich kenne ihn nicht", sagte Beo bedauernd. „Ich kann nicht sagen, ob das der Mann von der Dachterrasse in Duisburg ist. Er kann es sein. Er kann es aber genauso gut nicht sein. Tut mir leid."

„Muss dir nicht leidtun", sagte Brasche. „Wir haben es

wenigstens versucht. Wenn es geklappt hätte und du den Mützenmann wiedererkannt hättest, wüssten wir, dass der aus dem Spiel ist. So ist nach wie vor alles offen."

„Das sehe ich auch so", bestätigte Beo. „Und jetzt?"

„Jetzt ermitteln wir fröhlich weiter", sagte Brasche.

Geldsack

Als Beo gerade wieder zu Hause angekommen war, klingelte das Telefon. Der unbekannte Anrufer meldete sich.

„Hallo. Hier kommt deine Anweisung: morgen früh um Punkt 3.00 Uhr am Eingang zur Historischen Rathausfassade. Allein und mit eins Komma zwei Millionen Euro im Rucksack!"

„Da gibt es ein Problem", erwiderte Beo. „Isch habe gar keinen Rucksack!" Er sagte das in demselben Tonfall wie seinerzeit der Cappuccino-Mann mit dem französischen Akzent in der Fernsehwerbung.

„Versuch nicht, mich zu verarschen!", knurrte der Anrufer ärgerlich. „Von mir aus häkel dir einen!"

„Okay", sagte Beo. „Aber es gibt noch ein Problem. Ich habe keine 1,2 Millionen Euro."

„Dann besorg sie dir. Was kann ich dazu, wenn du das Geld inzwischen verbraten hast."

„Ich habe nicht einmal 1,2 Millionen Cent. Und 1,2 Millionen Euro schon gar nicht. Habe ich nie gehabt!"

„Ich weiß, dass du lügst", behauptete der Anrufer.

„Und ich weiß, dass Sie nicht Maarten sind", entgegnete Beo.

Einen Moment Schweigen. Dann: „Wie kommst du denn darauf?"

„Maarten, oder richtiger Emmenstraat, ist bereits seit mehr als einem Vierteljahr tot!"

Stille auf der anderen Seite der Leitung. Dann ein trotziges: „Emmenstraat kenne ich nicht! Und Maarten ist nicht tot!"

„Vergessen Sie ganz schnell Ihre 1,2 Millionen Euro und lassen Sie mich in Ruhe!", sagte Beo und legte dann auf.

Zehn Minuten später klingelte das Telefon erneut. Wieder war der unbekannte Anrufer dran.

„Hör mir gut zu", sagte er. „Dies ist mein letzter Anruf. Wenn du nicht heute Nacht um Punkt 3 Uhr an der Rathausfassade bist, bist du ein toter Mann. Du weißt, dass ich nicht bluffe. Deine beiden Freunde haben da schon ihre Erfahrungen gemacht. Die haben auch geglaubt, mich verarschen zu können."

Beo antwortete nicht. Er legte einfach auf.

Eine halbe Stunde später saß Beo mit Brasche und Lüdenkamp im KK11. Er berichtete den beiden von den letzten Telefongesprächen.

„Was soll ich jetzt tun?", fragte er dann ratlos.

„Ich glaube, dass der Kerl tatsächlich davon überzeugt ist, dass du die ‚eins Komma zwei Millionen' hast. Du kannst ihm noch so viel widersprechen. Er wird dir nicht glauben. Also bleibt uns nichts anderes übrig, als auf seine Forderungen einzugehen."

„Wie?", fragte Beo verblüfft. „Du willst ihm die 1,2 Millionen geben?"

„Nein, natürlich nicht! Aber so tun, als ob. Ihn in eine Falle locken. Wir müssen doch endlich wissen, wer sich hinter ‚Maarten' versteckt."

„Das sehe ich genauso", sagte Lüdenkamp. „Aber natürlich muss ein anderer für Sie zur Rathausfassade gehen. Wie finden schon jemanden, der in etwa so aussieht. Der bekommt einen Rucksack mit Falschgeld mit auf den Weg. Und in dem gesamten Gebiet um die Rathausfassade herum werden Polizisten versteckt sein."

„Genau so!", bestätigte Brasche. „Wenn wir das bis heute Nacht schaffen wollen, müssen wir jetzt anfangen zu organisieren."

„Halt, stopp!", sagte Beo. „Das finde ich alles gut. Aber ich brauche keinen Ersatzmann. Der Typ hat mich lange genug geärgert! Das will ich schon selbst zu Ende bringen."

„Das ist viel zu gefährlich!", wandte Brasche ein.

„Das ist für mein Double nicht gefährlicher als für mich. Ich bin schließlich lange genug selbst Polizist gewesen. Ich habe noch nicht alles vergessen und kann mich selbst verteidigen."

Die drei diskutierten ein paar Minuten. Dann stimmten Brasche und Lüdenkamp zu.

„Gut", sagte Brasche. „Wenn du unbedingt willst, sollst du den Job selbst erledigen. Aber ich habe das Kommando. Und ich pfeife dich zurück, wenn ich es für erforderlich halte."

„Einverstanden. Sagt mir, was ich tun muss."

Brasche setzte sich zuerst mit Melters in Duisburg zusammen. Der war ebenfalls einverstanden. Er würde bei dem Einsatz mit zehn zusätzlichen Kollegen dabei sein. Der Rest des Tages verging mit den notwendigen Vorbereitungen. Beo fuhr nach Hause und schlief noch ein paar

Stunden. Merkwürdigerweise war er ruhiger als in den vergangenen Tagen. Es tat ihm offenbar gut, dass sich jetzt endlich etwas bewegte.

Umleitung

Klokhuis meldet sich telefonisch. Er wurde zu Lüdenkamp weitergeleitet, weil Brasche nicht im Haus war.

„Hallo, Herr Lüdenkamp", sagte Klokhuis. „Ich habe eine gute Nachricht. Wie wissen jetzt mit ziemlicher Sicherheit, wer der Stimmenimitator ist."

„Oh, das ist interessant. Wer denn?", fragte Lüdenkamp gespannt.

„Wir haben nachgeforscht, wer in den vergangenen zwei Jahren intensiver mit Emmenstraat zu tun gehabt hat. Da sind wir – neben den Bediensteten in der Haftanstalt – auf einen Mitgefangenen gestoßen, der sehr häufig mit Emmenstraat zusammen gewesen ist."

„Und? Wer ist das?" Lüdenkamp war äußerst gespannt.

„Ein Deutscher namens Peter Bergen. Eigentlich im Vergleich zu Emmenstraat ein kleines Licht. Aber dieser Bergen hat viel mit Emmenstraat gemeinsam gemacht. Zum Beispiel Schach gespielt. Und er gehörte auch zu einem Literaturkreis, den Emmenstraat ins Leben gerufen hat."

„Ein Literaturkreis im Gefängnis? Das habe ich noch nie gehört. Ist doch sicher ungewöhnlich", vermutete Lüdenkamp.

„Auf jeden Fall", bestätigte Klokhuis. „Aber Emmenstraat hatte sich wohl schon früher sehr mit Literatur beschäftigt. Und er wollte unbedingt Deutsch lernen; möglichst perfekt. Dabei hat ihm die Literatur sehr geholfen."

„Und dieser Bergen? Wie kam der zur Literatur?"

„Bergen hat hier in Amsterdam wegen verschiedener Rauschgiftdelikte gesessen. Aber eigentlich war er Schauspieler. Er soll zu Beginn seiner Karriere gar nicht mal so schlecht gewesen sein. Bis ihm die Rauschmittel dazwischen kamen. Die ganze Palette. Von Ecstasy bis Kokain. Da war es vorbei mit der Schauspielerei."

„Und dieser Bergen ist inzwischen wieder frei?"

„Ja, seit etwa einem halben Jahr. Wir wissen nicht, wo er genau steckt. Aber er soll wieder in Deutschland leben."

„Das ist wirklich interessant", bemerkte Lüdenkamp. Dann informierte er Klokhuis über den aktuellen Stand der Dinge am Niederrhein.

„Oh", sagte Klokhuis. „Dann drücke ich euch die Daumen. Schnappt ihn euch! Und sagt mir Bescheid, wie der Einsatz verlaufen ist."

„Machen wir", versprach Lüdenkamp. „Bis bald."

Lüdenkamp informierte Brasche über die Erkenntnisse der niederländischen Kollegen. Peter Bergen wurde zur Fahndung ausgeschrieben. Währenddessen inspizierten die Polizeiexperten einen großen Bereich rund um die Rathausfassade. Sie suchten und fanden mögliche Verstecke für die Kollegen. Dabei war zu berücksichtigen, dass nachts um 3.00 Uhr kaum jemand in der Weseler Innenstadt unterwegs sein würde. Die Verstecke mussten daher besonders unauffällig sein.

Gegen 19.00 Uhr war alles geregelt. Um 1.00 Uhr sollten alle Kräfte an ihrem vorgesehenen Platz sein. Für Beo war ein Rucksack mit 1,2 Millionen Euro vorbereitet;

Falschgeld, das auf den ersten Blick nicht als solches zu erkennen war. Beo hatte gefragt, ob es nicht doch besser sei, echtes Geld zu nehmen. Das war aber von vornherein von den Verantwortlichen abgelehnt worden.

Vesalia hospitalis

Beo stand um kurz vor 3.00 Uhr vor der Rathausfassade. Es war dunkel, aber die Straßenlaternen spendeten genügend Licht, um sich orientieren zu können. Beo trug unter seiner Regenjacke eine kugelsichere Weste, die von außen nicht zu erkennen war. Außerdem hatte er seine ‚Sig-Sauer' im Holster griffbereit versteckt. Auf dem Rücken trug er einen neutralen dunkelblauen Rucksack, in dem die ‚kostbare Fracht' verpackt war.

Beo war äußerst gespannt, wie es jetzt weitergehen würde. Er wusste, dass er von diversen Polizisten beobachtet wurde, und das gab ihm ein Gefühl von Sicherheit. Andererseits musste auch Maarten irgendwo stecken. Und das beunruhigte ihn.

Zunächst passierte nichts. Als seine Armbanduhr fünf Minuten nach drei Uhr anzeigte, wurde Beo doch ein wenig unruhig. Er drehte sich einmal um die eigene Achse, konnte aber nichts Auffälliges erkennen. Dann, als er wieder frontal vor der Fassade stand, entdeckte er den kleinen Umschlag, der zwischen der mittleren Tür und dem Rahmen steckte. Er zog ihn heraus und las auf der Vorderseite ‚Gruß an Beo'. In dem unverschlossenen Umschlag fand er einen Zettel, auf dem „Geh zum Kaufhof" stand.

Beo machte sich auf den Weg. Unterwegs flüsterte er die soeben erhaltene Nachricht in ein winziges Mikrofon, das zu einem in der Regenjacke versteckten, abhörsicheren Walkie-Talkie gehörte. Er lief nicht, aber er ging zügig. Er hatte ja schon fünf Minuten verloren, und er wusste nicht, wie Maarten/Bergen – Brasche hatte Beo noch kurz über die Identität des unbekannten Anrufers informiert – darauf reagieren würde.

Als Beo beim Kaufhof ankam, entdeckte er sofort den an die Eingangstür geklebten Din-A4-Bogen. Darauf stand, unter der Überschrift ‚Gruß an Beo': „Such' die gelben Gummistiefel. Zieh sie an. Dann geh zum Rathaus". Beo entdeckte ein Paar gelbe Gummistiefel, Größe 43, in einem Papierkorb ganz in der Nähe. Er zog seine Schuhe aus, band sie mit den Schnürsenkeln zusammen und hängte sie über seine linke Schulter. Ein Schuh hing vorn herunter, der andere hinten.

Dann marschierte Beo wieder los. Nach ein paar Metern flüsterte er die neue Nachricht ins Mikrofon. Dann murmelte er, mehr für sich: „Ich glaube, der Bursche will mich vereimern. Gleich schickt er mich noch nach Hamminkeln!"

Die Nachricht am Rathauseingang lautete: „Geh zur Kirche auf dem Leyens-Platz." Beo wusste, dass es auf dem Leyens-Platz keine Kirche gab. Also konnte nur die Holzskulptur ‚vesalia hospitalis' gemeint sein, die an die erste Weseler Stadtkirche erinnerte. Beo machte sich auf den Weg. Als er auf dem Leyens-Platz angekommen war, blickte er ins Innere der Skulptur, das von dem kleinen - in den Boden eingelassenen - Scheinwerfer beleuchtet wurde, und entdeckte einen weiteren Din-A4-Bogen. Darauf stand: „Stell deinen Rucksack genau auf die Platte schräg hinter der Kirche. Dann geh zurück zur Rathausfassade."

Beo umrundete die Skulptur und fand hinter ihr eine

etwa 80 mal 55 Zentimeter große Betonplatte. Er gab leise die Nachricht weiter und fragte: „Soll ich das tun?" Die ebenso leise Antwort war: „Ja."

Beo nahm seinen Rucksack ab. Dann bückte er sich, um ihn an der vorgegebenen Stelle zu deponieren. Dabei rutschten ihm seine Schuhe von der Schulter. Er wollte sie gerade wieder hochheben, als er eine Stimme hörte:

„Lass sie liegen! Die brauchst du nicht mehr!"

Beo dachte zuerst, das sei eine Anweisung von Brasche aus dem Walkie-Talkie. Doch dann wurde ihm bewusst, dass er die Stimme des unbekannten Anrufers vernommen hatte. Leise und rau, wie er sie von den Telefonanrufen kannte. Beo drehte sich um. Niemand zu sehen! Er war ziemlich verdutzt.

„Beo, reiß dich zusammen!", sprach er sich selbst Mut zu.

„Bravo!", sagte die Stimme. „Weiter so!"

Beo stellte den Rucksack auf die Platte hinter der Skulptur. Dann nahm er seine Schuhe, drehte sich um und ging wieder in Richtung Rathausfassade. Dort angekommen, suchte er nach einer weiteren Anweisung; er fand aber keine. Ihm war ziemlich unbehaglich zumute. Wo steckte Bergen, und was hatte er mit ihm vor? Beo begann, gegen den Uhrzeigersinn rund um den Großen Markt zu marschieren.

Plötzlich knallte ein Schuss. Das Projektil zischte nicht weit von Beo durch die Gegend. Er spürte den Luftdruck. Eines der großen Fenster in der Volksbank zerplatzte mit einem lauten Scheppern.

Beo lag lang auf dem Boden hinter dem Heresbach-

Denkmal in der Ecke des Platzes. Wie er dort hingekommen war, wusste er nicht. Er war auch nicht dazu gekommen, seine Pistole zu ziehen. Die steckte noch gesichert im Holster.

Dann war er plötzlich von mehreren schwerbewaffneten Polizisten umringt, die ihm Feuerschutz gaben. Ein Scheinwerfer flammte auf. Weitere Uniformierte rannten in verschiedene Richtungen und schrien: „Polizei! Stehen bleiben! Hände hoch!"

Auch Brasche war plötzlich da. Er bückte sich über Beo: „Bis du verletzt?"

„Nein. Alles in Ordnung. Mir ist nichts passiert", antwortete Beo leicht krächzend und rappelte sich auf. „Wo ist er?"

„Wer?"

„Na, Maarten natürlich!"

„Nun beruhige dich erst mal!", sagte Brasche.

Rutschpartie

Beo hatte die Gummistiefel inzwischen wieder mit seinen eigenen Schuhen getauscht. Er war gespannt, wie die Sache ausgegangen war. Sie gingen zum Leyens-Platz. Auf dem Weg dahin erhielt Brasche verschiedene Informationen per Funk. Dann rief er laut: „Scheiße!"

„Wieso Scheiße?", fragte Beo. „Ich denke, es ist vorbei und ihr habt ihn."

„Ja. Es ist vorbei. Aber Maarten ist mit dem Rucksack verschwunden!"

„Wie habt ihr das denn hingekriegt?", fragte Beo vorwurfsvoll. „Ihr wart doch alle hier!"

„Ja sicher!", antwortete Brasche ziemlich kleinlaut. „Aber als du den Rucksack abgestellt hattest, haben wir ein Geräusch gehört. Ein leises Klacken. Dann klang es, als ob etwas rutscht. Dann war alles wieder still. Wir haben natürlich auf Bergen gewartet, der ja irgendwann auftauchen musste, um sein Geld abzuholen. Aber es kam kein Bergen. Nach ein paar Minuten habe ich die Scheinwerfer einschalten lassen. Da stand die Holzskulptur mutterseelenallein und der Rucksack mit dem Geld war weg."

„Wie, weg?"

„Einfach nicht mehr da! Unsere Techniker haben die Stelle sofort untersucht. Sie haben festgestellt, dass die Betonplatte hinter der Skulptur eine Falltür ist. Die wurde vermutlich von irgendwo her ausgelöst. Als wir gekommen sind, war sie schon wieder ordnungsgemäß verschlossen. Kein Mensch würde auf die Idee kommen, dass sich darunter ein Hohlraum oder ein Schacht oder so etwas befindet."

„Aber das hat es doch schon öfter gegeben. Habe ich in Fernseh-Krimis schon mindestens ein Dutzend Mal gesehen."

„Danke für deine aufbauende Kritik. So schlau waren wir auch. Wir haben natürlich die ganze Umgebung vorher untersuchen lassen. Aber allzu viel Zeit hatten wir nicht. Vor allem die Stellen, die unter Umständen als Ablageort für den Rucksack infrage kamen. Papierkörbe, Hauseingänge, Kellerschächte; und natürlich auch die Holzskulptur."

„Ja und?"

„Man hat uns gesagt, dass sich unter der Holzskulptur dicke Fundamente befinden. Das war einer der Gründe, warum die Skulptur nach der Neugestaltung der Fußgängerzone genau an diesem Platz geblieben ist."

„Und wie ist Bergen durch diese ‚dicken Fundamente' gekommen?", wollte Beo wissen.

„Das wissen wir noch nicht. Aber es gibt eine Vermutung. Unter dem übrigen Leyens-Platz verlaufen kreuz und quer alle möglichen Versorgungsleitungen. Bergen muss die Umbauphase genutzt haben, um einen Zugang zu der Skulptur zu finden. Frag mich nicht, wie er das geschafft hat. Wenn er ‚de Mol' wäre, wie wir ja ursprünglich vermutet haben, hätte ich das verstanden: ‚de Mol' heißt ja auf deutsch ‚Maulwurf'."

„Aber der Maulwurf ist tot. Und was passiert jetzt?", fragte Beo.

„Jetzt sind alle verfügbaren Kräfte auf der Suche nach

Bergen. Der muss ja irgendwo wieder aus seiner Unterwelt auftauchen. Dann müssen wir nur noch einen Haftrichter aus dem Bett klingeln, der einen Haftbefehl wegen dringenden Tatverdachts und Fluchtgefahr gegen Bergen erlässt."

„Und wie geht es hier weiter?", wollte Beo wissen.

„Hier sind jetzt nur noch ein paar Techniker und die Spurensicherung. Ansonsten ist die Aktion für heute beendet."

Wahrnehmungsstörung

Beo überlegte gerade, ob es sich lohnte, noch ins Bett zu gehen, oder ob er aufbleiben sollte, als das Telefon klingelte.

„Das kann nur Maarten sein", vermutete Beo. Er hatte recht. Es war Maarten.

„Du bist schon so gut wie tot!", blaffte er Beo an.

„Hallo. Wer ist denn da?", fragte Beo.

„Lass den Quatsch! Du weißt genau, wer hier ist."

„Ah. Mein alter Freund Maarten. Was haben Sie eben gesagt? Ich habe das nicht genau verstanden."

„Du bist schon so gut wie tot"!"

„Ich fühle mich aber noch ganz lebendig", erwiderte Beo.

„Ich habe gesagt: keine Polizei! Und ich habe gesagt: eins Komma zwei Millionen!"

„Haben Sie Polizei gesehen? Ich nicht! Und das Geld habe ich doch ordnungsgemäß deponiert. Wie verlangt. Im Rucksack. Und mit Festbeleuchtung!"

„Die Polizei war überall. Halt mich nicht für so dämlich, dass ich das nicht wahrnehme. Und das sogenannte Geld kannst du dir wieder abholen. Damit kannst du selber spielen."

„Ich spiele grundsätzlich nicht. Schon gar nicht mit Geld", konterte Beo. „War es nicht genug? Haben Sie auch sorgfältig nachgezählt?"

„Glaub gar nicht, dass du mich verarschen kannst."

„Das würde ich nie machen", sagte Beo.

„Halt den Mund! Ich gebe dir noch eine allerletzte

Chance, obwohl Du das eigentlich gar nicht verdient hast."

„Na, wie gnädig", bemerkte Beo.

„Morgen um 16.00 Uhr. Da, wo wir gemeinsam Kaffee getrunken haben. Das heißt: Du hast Kaffee getrunken, und ich habe geschlafen."

„Sie meinen die Karstadt-Dachterrasse in Duisburg?", fragte Beo.

„Ja, was denn sonst?", antwortete Maarten unwirsch.

„Sie waren das also doch?", stellte Beo fest. „Ich war mir nicht ganz sicher. Warum haben Sie mich denn da nicht angesprochen?"

„Weil es noch nicht so weit war", erwiderte Maarten.

„Und? Wieder mit Rucksack?", fragte Beo.

„Ja", sagte Maarten."

„Dann haben wir schon wieder ein Problem", sagte Beo.

„Was für ein Problem?", wollte Maarten wissen.

„Der Rucksack ist mir abhandengekommen", antwortete Beo.

„Mir ist ziemlich egal, wie du das Geld verpackst. Hauptsache, es ist diesmal echt. Falls du noch mal versuchen solltest, mich reinzulegen, bist du ein toter Mann!"

„Hu, ich zittere vor Angst", sagte Beo ganz ruhig. „Übrigens: Möchten Sie Ihre Gummistiefel zurückhaben?"

„Die kannst du dir sonst wo ..."

Beo legte auf.

Sightseeing

Der Marktplatz in Xanten war ein viel und gern besuchter Ort. Besonders abends und an Wochenenden tummelten sich dort unzählige Touristen, die die historischen Sehenswürdigkeiten – den Römerpark, das Klever Tor, den St. Viktor-Dom und das Gotische Haus – bestaunt hatten und jetzt die besondere Atmosphäre des Marktplatzes genießen wollten.

Das direkt am Marktplatz gelegene italienische Restaurant ‚Vecchio Teatro' war an diesem wunderschönen lauen Herbstabend rappelvoll. Vor allem die Tische draußen waren – wie immer bei schönem Wetter – äußerst begehrt. Das Sprachengewirr, Geschirrklappern, die hin- und hereilenden Kellnerinnen und Kellner und die gemütliche Dekoration und Beleuchtung erzeugten eine beinahe südländische Stimmung.

An einem Tisch in der Ecke, mit dem Rücken zur Hauswand, saß ein etwa 35-jähriger, gut gekleideter Mann und ließ es sich offensichtlich gut gehen. Vor ihm auf dem Tisch standen ein Teller mit einer Pizza, eine Flasche Rotwein und ein halb gefülltes Glas.

Alles war friedlich, bis plötzlich zwei Herren vor ihm standen, die trotz ihrer zivilen Kleidung unschwer als Polizisten zu erkennen waren. Einer von ihnen stellte sich und seinen Begleiter vor. Dann forderte er ihn auf, seine Mahlzeit zu unterbrechen und mit ihnen zu kommen.

„Was ist denn los?", fragte der Mann, der mit ‚Herr Bergen' angeredet wurde.

„Das möchten wir Ihnen lieber im Kommissariat sagen", erwiderte der Polizist. „Es gibt schwerwiegende Verdachtsmomente gegen Sie. Kommen Sie bitte einfach mit."

„Schade", sagte Bergen. „Es war gerade so gemütlich."

„Tut uns sehr leid, dass wir Sie stören müssen", sagte der Polizist. „Aber die Sache eilt. Machen Sie kein Aufsehen. Kommen Sie schon."

Bergen folgte der Aufforderung. Auf dem Weg zum Parkplatz fühlte er, dass ihm Handfesseln angelegt wurden. Nach ein paar Metern erreichten die drei ein neutrales Fahrzeug, in das sie einstiegen.

„Was ist denn jetzt?", wollte Bergen wissen, als der Wagen anfuhr. „Bin ich zu schnell gefahren? Oder habe ich zu langsam oder zu viel gegessen?"

„Sparen Sie sich Ihren Sarkasmus", meinte der zweite Polizist. „Es geht um Erpressung und zweifachen Mord."

„Ich bin mir keiner Schuld bewusst", erwiderte Bergen.

Der Wagen fuhr los und brachte ihn nach Wesel zur Kreispolizeibehörde.

Geschnappt

Am nächsten Morgen versuchte Beo als Erstes, Brasche oder Lüdenkamp zu erreichen. Aber die waren beide in Sachen ‚Holzskulptur' beschäftigt und nicht zu sprechen.

Mittags rief Brasche zurück. Beo informierte ihn über das Telefongespräch.

„Was soll ich jetzt machen?", fragte er. „Soll ich da hinfahren?"

„Das kannst du dir ersparen", antwortete Brasche. „Wir haben ihn bereits."

„Wen habt ihr?", fragte Beo.

„Maarten alias Bergen", antwortete Brasche. „Der war so dämlich, mit einem von seinen falschen Geldscheinen zu bezahlen. In einer Tankstelle. Als der Tankwart ihn darauf angesprochen hat, ist er abgehauen. Aber der Tankwart hat sich sein Kennzeichen gemerkt und sofort die Polizei alarmiert. In einem italienischen Restaurant in Xanten haben wir ihn erwischt."

„Das gibt's ja nicht", meinte Beo. „Ich habe gedacht, dass er cleverer wäre."

„Scheint eine seltsame Mischung aus skrupellos und ein bisschen dämlich zu sein", meinte Brasche.

„Wie geht's jetzt weiter?", wollte Beo wissen.

„Wir werden ihn in Kürze vernehmen. Wenn wir dich dabei brauchen, melde ich mich. Ansonsten werde ich dich über die Ergebnisse informieren."

„Okay, danke. Ich werde erst mal versuchen, meine Gedanken zu sortieren und mich von dem ganzen Mist zu erholen.

„Tu das", sagte Brasche. „Viel Erfolg dabei!"
Beo rief Enna in England an und informierte sie über den aktuellen Stand der Dinge. Enna war froh, dass die Sache so glimpflich für Beo ausgegangen war. Ihr ging es gut. Sie hatte noch längst nicht alle Themenbereiche, die sich seit Monaten aufgestaut hatten, mit ihrer Freundin Anne ausgetauscht. Auch Anne wusste einiges Interessante aus ihrem Berufsleben zu berichten. Und: Sie hatte seit ein paar Wochen einen Freund, den Enna inzwischen auch kennengelernt hatte. Einen Banker, der in London wohnte und Anne so oft wie möglich besuchte.

Enna fand ihn sehr sympathisch, und die drei waren ein paar Mal abends zusammen in London gewesen; im Theater und in angesagten Klubs. Enna fand das spannend und unterhaltsam. Sie hätte gut noch ein ganzes Jahr in England bleiben können; wenn Beo auch da gewesen wäre. Sie wünschte sich, dass die Sache in Wesel schnell zu Ende ginge und dass Beo unbeschadet daraus käme.

Beo war beruhigt, dass Enna gut und sicher in England untergebracht war, und dass sie die Zeit dort genoss. Es hätte nichts genutzt, wenn auch sie ständig mit dem Thema ‚Maarten/De Mol/Bergen' befasst gewesen wäre.

Beo setzte sich nach langer Zeit mal wieder an seine geliebte Hammond-Orgel und spielte ein paar Bach-Präludien. Danach fühlte er sich besser.

Alte Bekannte

Das Besprechungszimmer im KK11 war komplett besetzt. Brasche hatte zur ‚großen Lage' eingeladen.

„Kolleginnen und Kollegen", begann Brasche. „Die gute Nachricht vorweg: Das ‚Phantom' ist gefasst! ‚Maarten' alias Peter Bergen hat uns ja in letzter Zeit viel Arbeit gemacht. Vor allem, weil wir seine Identität lange nicht gekannt haben. Jetzt wissen wir, dass es sich um einen 38-jährigen ehemaligen Schauspieler handelt. Er hat zuletzt wegen verschiedener Drogendelikte mehrere Jahre in der Amsterdamer Haftanstalt gesessen. Dort hat er Kontakt mit einem weiteren ‚Maarten' gehabt, der in Wahrheit ebenfalls anders heißt, nämlich Jan Emmenstraat; alias Bernard de Mol."

„Unser de Mol?", fragte einer der Kollegen.

„Richtig. Der de Mol, der uns auch eine Zeit lang viel Ärger gemacht hat."

„Wieso haben die sich beide Maarten genannt?", wollte der Kollege wissen.

„Lass uns am besten der Reihe nach berichten. Das ergibt sich dann daraus", schlug Brasche vor.

„Okay."

Lüdenkamp übernahm: „Emmenstraat, der sich in der Amsterdamer Haftanstalt als ausgesprochen pflegeleichter Insasse erwiesen hat, hat regelmäßig mit Bergen Schach gespielt. Außerdem hat er einen Literaturkreis gegründet, an dem Bergen ebenfalls beteiligt war. So haben sich die beiden offenbar näher kennengelernt. Merkwürdig ist, dass sich Emmenstraat Bergen gegenüber als ‚Maarten' ausgegeben hat. Ebenso merkwürdig ist, dass Bergen diesen Namen ebenfalls benutzt hat. Warum das so ist, wissen wir noch nicht."

Lüdenkamp übergab wieder an Brasche.

„In letzter Zeit hat sich ein gewisser ‚Maarten' telefonisch bei dem uns allen bekannten Privatdetektiv Beo Wulf gemeldet. Er hat vorgegeben, ein alter Freund von Beo zu sein, und behauptet, dass Beo gemeinsam mit Maarten und zwei anderen Freunden vor Jahren einen Geldtransport überfallen hätten. Maarten und Beo seien dabei gefasst worden. Die beiden anderen seien unerkannt entkommen. Beo habe, obwohl er bei dem Überfall ‚herumgeballert' und die Beute gebunkert habe, nur eine geringe Haftstrafe bekommen. Deswegen sei er längst wieder in Freiheit. Er selbst, Maarten, sitze dagegen immer noch im Amsterdamer Gefängnis.

Maarten hat deswegen vor Kurzem von Beo die gesamte Beute verlangt. Offenbar, um seiner Forderung Druck zu verleihen, hat er vermutlich die beiden übrigen Mittäter, einen gewissen Knut Harmsen aus Köln und einen Dirk Offenbach aus Leverkusen, umgebracht. Harmsen ist erschossen in einem Kunstwerk am Weseler Bahnhof gefunden worden. Er wurde - offenbar erdrosselt - ebenfalls in einem Kunstwerk in Duisburg entdeckt.

Bergen alias Maarten ist in Xanten in der Gelateria ‚Teatro' gefasst worden. Er wird zurzeit verhört."

Bei der im Anschluss stattfindenden Pressekonferenz wurde dasselbe in leicht verkürzter Form noch einmal bekanntgegeben.

Geheimnisse

„Herr Bergen, Ihr Schweigen nützt Ihnen nichts", sagte Brasche eindringlich zu Peter Bergen, der ihm gegenüber im Vernehmungsraum saß. „Wir wissen schon das Wichtigste."

Bergen zog es vor, weiter zu schweigen. Er hatte zu Beginn der Vernehmung lediglich seine Personalien angegeben: Peter Bergen, geboren am 17. August 1976 in Hannover, wohnhaft in Moers. Mehr war aus ihm nicht herauszubekommen.

„Na gut", sagte Brasche. „Dann erzähle ich Ihnen mal was. Sie sind eigentlich Schauspieler, haben Ihre Karriere aber vor ein paar Jahren unterbrochen, um ein einträglicheres Geschäft zu betreiben: das Dealen mit Drogen. Ist das so weit zutreffend?" Er schaute Bergen durchdringend an. Der blickte herunter auf die Tischplatte und sagte nichts.

„Dabei sind Sie ziemlich bald erwischt worden, und zwar in den Niederlanden. Dort haben Sie auch die vergangenen eineinhalb Jahre verbracht: in der Haftanstalt in Amsterdam."

Bergen blickte Brasche an und nickte.

„Oh, ein Lebenszeichen!", sagte Brasche. „Das zuzugeben ist allerdings auch nicht besonders schwer. Das wissen wir schon von unseren Kollegen in Holland."

Bergen stützte sein Kinn auf beide Hände und schloss die Augen.

„In der Haftanstalt haben Sie eine Menge Leidensgenossen kennengelernt, unter anderem den Niederländer

Jan Emmenstraat."

Bergen öffnete die Augen und schüttelte mit dem Kopf.

„Nein? Den kennen Sie nicht?", fragte Brasche. „Hat er sich Ihnen gegenüber als ‚Maarten' ausgegeben?"

Bergen nickte.

„Komisch", stellte Brasche fest. „Seinen richtigen Namen mochte er wohl gar nicht so gern. Vielleicht, weil zu viele böse Erinnerungen damit verbunden sind. Maarten heißt jedenfalls richtig Jan Emmenstraat. Wir können ihn von mir aus aber auch Maarten nennen, wenn Ihnen das lieber ist."

Bergen nickte.

„Gut. Mit diesem Maarten haben Sie in der Haftanstalt regelmäßig Schach gespielt und ihn dabei allmählich näher kennengelernt."

Bergen hob und senkte die Schultern einmal kurz.

„Sie meinen, Sie haben ihn nicht näher kennengelernt?", schloss Brasche daraus. „Emmenstraat, Pardon, Maarten war wohl ein wenig verschlossen? Er mochte nicht viel von sich preisgeben?"

Bergen nickte.

„Aber er hat Ihnen bei Ihren Schachpartien doch das eine oder andere erzählt?"

Bergen zuckte wieder mit den Schultern.

„Nicht erzählt? Mehr angedeutet?", vermutete Brasche.

Bergen nickte.

„Wie sind Sie denn auf die Idee gekommen, bei Herrn Wulf anzurufen und sich ihm gegenüber als Maarten aus zugeben?", wollte Brasche wissen.

„Weil er mir leidtat", sagte Bergen völlig unerwartet. Brasche ließ sich seiner Überraschung nicht anmerken.

„Wer?", fragte er. „Wulf?"

„Nein, Maarten natürlich!"

„Wieso hat Maarten Ihnen leidgetan? Weil er einer der führenden Drogenbosse in den Niederlanden war und dafür etliche Jahre aufgebrummt bekommen hat?"

„Nein. So etwas habe ich im Kleinen ja auch erlebt."

„Sie wollen damit sagen, dass Sie zu Recht verurteilt und eingesperrt worden sind?"

„Doch, irgendwie schon", gab Bergen zu.

„Wieso hat Ihnen Maarten dann leidgetan?"

„Weil er gemeinsam mit anderen einen Geldtransport überfallen hat und dafür jahrelang brummen muss."

„Meinen Sie, dass er das nicht verdient hat? Ist so ein Überfall weniger schlimm als Drogen-Dealerei?", fragte Brasche erstaunt.

„Nein, natürlich nicht. Aber Maarten sitzt als Einziger noch. Die anderen sind gar nicht erst gefasst worden oder längst wieder frei. Und Maarten hat sie nicht verraten. Obwohl sie genau so beteiligt waren. Einer hat sogar jemanden erschossen!"

„Das hat Maarten Ihnen erzählt?"

„Ja. Aber eigentlich wollte er gar nicht darüber sprechen. Ich habe ihm ein paar Details nach und nach abgeluchst. Jedenfalls war er sehr enttäuscht von seinen Kumpanen. Keiner von denen hat sich um ihn gekümmert", sagt Bergen vorwurfsvoll.

„Wollte sich Maarten dafür an denen rächen?", wollte

Brasche wissen.

„Nein. Er war mit dem Thema fertig. Aber es ging ihm nicht gut. Das habe ich deutlich gemerkt."

„Und deshalb haben Sie sich entschlossen, den Racheengel zu spielen?" fragte Brasche jetzt ganz direkt.

„Ja. Schon im Gefängnis habe ich mir vorgenommen, die anderen drei zu suchen, sobald ich wieder draußen bin. Und sie zu bestrafen."

„Weil Maarten Ihnen leidtat."

„Ja. Sie hätten ihn mal sehen sollen. Der war völlig fertig und hatte keine Freude mehr am Leben. Er sprach auch nur noch ganz leise. Nur wenn er mit mir Schach spielte oder im Literaturkreis, da ist er jedes Mal richtig aufgeblüht."

„Herr Bergen, wir machen hier eine Pause. Die Vernehmung wird später fortgesetzt."

„Von mir aus."

Brasche telefonierte mit Klokhuis in Amsterdam. Der war natürlich äußerst interessiert an den Ermittlungsergebnissen aus Wesel. Außerdem hatte er noch eine wichtige Mitteilung für seine deutschen Kollegen, die er Brasche aber persönlich mitteilen wollte. Falls es Brasche recht wäre, würde er am nächsten Tag nach Wesel kommen. Brasche freute sich darauf.

Überraschung

Klokhuis traf schon früh am Morgen in Wesel ein. Nachdem die beiden eine Tasse Kaffee zusammen getrunken hatten, trafen sie sich mit Lüdenkamp im Vernehmungsraum. Melters aus Duisburg würde später auch noch dazu kommen. Brasche nahm Lüdenkamp zur Seite und flüsterte ihm zu: „Klokhuis hat eine Überraschung für uns mitgebracht. Aber damit will er erst später rausrücken."

Lüdenkamp setzte die Vernehmung fort:

„Herr Bergen, Sie haben gestern ausgesagt, dass ‚Maarten' Ihnen leidgetan hat, und dass Sie deshalb beschlossen haben, quasi in seinem Auftrag seine undankbaren Mittäter zu bestrafen. Ist das richtig?"

„Nicht ganz. Ich habe nicht in Maartens Auftrag gehandelt. Das hätte er nie zugelassen. Er hat mir das Ganze auch nur erzählt, weil er mal mit jemand darüber reden wollte. Das hat ihm gut getan."

„Aber richtig ist, dass Sie beschlossen haben, sich für Maarten an den Mittätern zu rächen?", fragte Lüdenkamp.

Bergen nickte.

„Woher wussten Sie denn, wer die Mittäter waren? Hat Maarten Ihnen die Namen genannt?"

„Nein, hat er nicht. Aber ich habe in einem Buch, das mir Maarten geschenkt hat, ein Foto gefunden. Da waren vier Männer drauf. Und ein handschriftlicher Vermerk: ‚Juli 2001: Knut Harmsen, Dirk Offenbach, Beo Wulf en ik'. Also die drei Namen ‚und ich'."

„Haben Sie Maarten danach gefragt, wer die vier Männer waren?"

„Nein."

„Und woher wussten Sie, dass das die Männer von dem Überfall waren?"

„Das wusste ich nicht. Das habe ich nur vermutet. Einer der Männer war Maarten selbst. Ein zweiter Beo Wulf. Als mir Maarten die Überfall-Geschichte erzählt hat, das hat er unter anderem von seinem ‚Freund Beo' gesprochen, ‚der ja nur den Wagen gefahren hat'. So oft gibt es diesen Namen nicht."

„Da haben Sie eins und eins zusammengezählt und vermutet, dass die vier Männer auf dem Foto die vier Täter beim Überfall waren", sagte Lüdenkamp.

„Ja. So ist es", bestätigte Bergen.

„Und woher wussten Sie, wo Sie die drei Männer finden können?", mischte sich Brasche ein. „Haben Sie Maarten danach gefragt?"

„Nein, natürlich nicht. Maarten sollte ja nicht wissen, was ich vorhatte", antwortete Bergen.

„Und woher wussten Sie es dann?", hakte Brasche nach.

„Auf dem Foto stand noch ganz klein unten rechts in der Ecke: ‚foto: K. Weselev'."

„Ja und? Was soll das heißen?", fragte Lüdenkamp gespannt.

„Ich habe zuerst gedacht, das wäre der Name des Fotografen. Vielleicht ein Russe; wegen des ‚lev' am Ende. Aber dann habe ich gedacht: komisch, dass der Fotograf auf dem Bild verewigt ist. Das war nämlich absolut kein Profi-Foto. Eher ein Schnappschuss, sogar ein bisschen verwackelt. Dann fiel mir ‚wes' und ‚lev auf. Ich habe früher, als ich noch viel mit dem Auto unterwegs war, immer versucht, die passenden Städte zu den Kennzeichen herauszufinden. Da war ich ziemlich gut drin. Wes für Wesel und Lev für Leverkusen sind mir dabei ziemlich oft begegnet. Wenn das stimmte, konnte ‚K' nur noch für Köln stehen."

„Und dann?", fragte Lüdenkamp gespannt.

„Dann habe ich die betreffenden Telefonbücher gewälzt und prompt alle drei gefunden."

„Und zwei von ihnen umgebracht!", stellte Brasche fest.

„Nein! Damit habe ich nichts zu tun. Ich habe das in der Zeitung gelesen. Da ist mir einer zuvorgekommen!", ereiferte sich Bergen.

„Damit kommen Sie nicht durch", sagte Lüdenkamp. „Unsere Techniker haben inzwischen den Mitschnitt der ersten Vernehmung mit den Telefonanrufen verglichen. Was meinen Sie, war das Ergebnis?"

„Das weiß ich doch nicht!", antwortete Bergen.

„Absolute Übereinstimmung! Wir wissen also jetzt mit Sicherheit, dass Sie der Anrufer waren, der sich als Maarten aufgegeben und versucht hat, Herrn Wulf unter Druck zu setzen. Und wir wissen auch, dass Sie Knut Harmsen erschossen und Dirk Offenbach erdrosselt haben. Sie haben zu viele Spuren hinterlassen, die eindeutig zu Ihnen führen. Beispielsweise haben wir in einem Mülleimer in der Nähe des Weseler Tatorts Ihre Waffe gefunden: eine Sig-Sauer mit Ihren Fingerabdrücken. Und mit dem Strick, mit dem Sie Offenbach erdrosselt haben, haben Sie diesen dummerweise auch an dem Kunstwerk in Duisburg aufgehängt. Fasern von diesem Strick sind inzwischen in Ihrem Auto gefunden worden. Es macht also absolut keinen Sinn, zu leugnen."

„Sie können mir viel erzählen. Ich war das nicht", behauptete Bergen.

Die Tür zum Besprechungsraum ging auf, und Melters aus Duisburg kam herein. Brasche begrüßte ihn und bot ihm an, ihn kurz über das bisherige Vernehmungsergebnis zu informieren.

„Danke", sagte Melters. „Das ist nicht nötig. Das können wir hinterher nachholen. Ich versuche mal, einfach einzusteigen."

„Okay", stimmte Brasche zu.

Trugschluss

„Herr Bergen, kommen wir noch mal zu Ihrem Motiv", begann Lüdenkamp, als die Vernehmung fortgesetzt wurde. „Sie wollten also Harmsen, Offenbach und Wulf dafür bestrafen, dass sie - wie Sie meinen – Maarten unrecht getan haben; indem sie ihn im Gefängnis allein gelassen haben; ihn nicht besucht haben; ihm keinen Anteil von der Beute haben zukommen lassen."

„Ja, das ist richtig", bestätigte Bergen. „Maarten selbst hatte keinen Mumm mehr dazu. Ihm ging es viel zu schlecht. Er soll ja auch inzwischen gestorben sein. Das hat Beo jedenfalls behauptet. Ich kann das immer noch nicht glauben."

„Maarten ist bereits seit einem Vierteljahr tot", bestätigte Klokhuis. „Er ist in der Haftanstalt gestorben. Wussten Sie übrigens, dass er an Lungenkrebs litt?"

„Nein. Und das glaube ich auch nicht. Das hätte er mir gesagt."

„Haben Sie denn seine raue Stimme nicht bemerkt, und wie schwer ihm das Sprechen fiel?", fragte Klokhuis.

„Sicher habe ich das bemerkt. Aber er hat gesagt, dass seine Stimme schon immer so gewesen ist."

„Und das haben Sie geglaubt?"

„Warum sollte ich nicht? Maarten hat mich nie angelogen", antwortete Bergen voller Überzeugung.

„Herr Bergen", fragte Klokhuis. „Was glauben Sie? Hat Herr Emmenstraat oder Maarten, wie Sie ihn nennen, etwas von ihren Plänen und Vorbereitungen mitbekommen?"

„Nein, auf keinen Fall", antwortete Bergen. „Ich habe ihm ja nichts davon gesagt. Und er wusste auch nicht, dass ich rausgekriegt habe, wer seine Kumpane bei dem Überfall waren."

„Wenn er das alles gewusst hätte: Was meinen Sie, wie er sich dann verhalten hätte?", hakte Klokhuis nach.

„Dann hätte er mir verboten, aktiv zu werden. Er wollte das nicht. Er hatte mit dem Allen abgeschlossen. Er wollte nur noch seine Ruhe haben."

„Und trotzdem haben Sie es getan?"

„Das mit dem Geld, ja. Mit den beiden Toten habe ich nichts zu tun!", wiederholte Bergen.

„Herr Bergen, ich fürchte, ich muss Ihnen jetzt eine große Enttäuschung bereiten. Herr Emmenstraat hat von Anfang an gewusst, was Sie vorhatten. Er hat Sie sogar dazu gebracht, das zu tun."

„Was reden Sie da? Das ist doch völliger Quatsch!", empörte sich Bergen.

„Nein, das ist kein Quatsch. Nach seinem Tod sind in Emmenstraats Zelle Notizen gefunden worden, die gut versteckt waren. Eine Art Tagebuch. Darin hat Emmenstraat haarklein festgehalten, wie er Sie die ganze Zeit für seine Zwecke manipuliert hat. Er hat Sie besser gekannt, als Sie sich das vermutlich vorstellen können. Und er hat genau gewusst, wie Sie reagieren würden, wenn er Ihnen ein paar kleine Brocken vorwirft."

„Ich weiß überhaupt nicht, was Sie meinen", sagte Bergen.

„Die Geschichte mit dem Überfall auf den Geldtransport ist erstunken und erlogen", erklärte Klokhuis. „Diesen Überfall hat es nie gegeben. Aber Maarten wusste, dass das genau die richtige Geschichte war, um Sie in Gang zu bringen."

„Aber er hat mir das doch alles ganz genau geschildert. Und das Foto?", fragte Bergen, jetzt schon leicht verunsichert. „Das habe ich doch rein zufällig gefunden. Und da sind die vier Männer drauf zu sehen."

„Darauf sind vier Männer zu sehen, das ist richtig. Aber die haben mit einem Überfall auf einen Geldtransport nichts zu tun, aber auch gar nichts! Das Foto ist eine Kopie. Auf dem Original, das wir in Emmenstraats Zelle gefunden haben, steht etwas ganz anderes als auf Ihrem Exemplar, nämlich: Juli 2001, mijn schaak-friendenkring. Auf Deutsch: Juli 2001, mein Schach-Freundeskreis."

Brasche, Lüdenkamp und Melters hatten schon die ganze Zeit verwundert zugehört. Bergen war bei dem letzten Satz blass geworden.

„Das glaube ich nicht!", stotterte er hilflos.

„In Maartens Tagebuch steht dazu: ‚Pitter hat angebissen! Er hat das Foto wie geplant gefunden und sich offenbar die vorgesehenen Gedanken gemacht.'"

Bergen dachte einen Moment nach. Dann fragte er sichtlich mitgenommen: „Kann ich eine kurze Pause haben?"

„Ja", sagte Brasche. „Machen wir eine Pause."

Russisches Roulette

Brasche, Lüdenkamp, Melters und Klokhuis saßen beim Kaffee. Es klopfte, und Beo kam herein.

„Das passt ja gut", sagte er. „Einen Kaffee könnte ich jetzt auch vertragen." Lüdenkamp besorgte einen. Brasche informierte Melters in der Zeit über den Stand der Dinge. Beo hörte interessiert zu. Dann sagte er:

„Das ist ja wirklich unglaublich! Der Kerl tut mir schon fast leid."

„Das geht mir genauso", stimmte ihm Brasche zu. „Aber seine Taten sind mit nichts zu entschuldigen. Auch nicht mit der üblen Manipulation durch Emmenstraat."

„Emmenstraat ist sich offenbar bis zu seinem Tod treu geblieben. Er war ein Verbrecher. Nicht mehr und nicht weniger", sagte Klokhuis.

„Was ich nicht verstehe", bemerkte Melters. „Warum hat Maarten ausgerechnet diese drei Männer zum Abschuss freigegeben: Harmsen, Offenbach und Sie, Herr Wulf?"

„Da kann ich behilflich sein", sagte Brasche. „Harmsen und Offenbach waren Drogendealer, die Emmenstraat bei seinen Geschäften in die Quere gekommen sind. In den Niederlanden, aber auch hier am Niederrhein. Die mussten verschwinden. Deshalb hat Emmenstraat Herrn Bergen auf sie angesetzt. Vor ein paar Jahren hat er übrigens schon einmal einen seiner Konkurrenten umbringen lassen. Hier in Wesel. Am Deich bei Büderich."

„Ach ja", sagte Melters. „Davon habe ich gehört. Der Täter war damals einer von Emmenstraats Leuten."

„Richtig", bestätigte Brasche. „Diesmal hat er sich Bergen als willkommenes Werkzeug ausgesucht."

„Und Herr Wulf? Was hat der ihm getan?", wollte Melters wissen.

„Beo Wulf ist ein Weseler Privatdetektiv. Er hat vor zwei Jahren maßgeblich zur Aufklärung des Falles ‚de Mol' beigetragen. De Mol war damals Emmenstraats Tarnname, unter dem er hier in der Region seine schmutzigen Geschäfte abgewickelt hat. Aus Emmenstraats Sicht war wohl Wulf dafür verantwortlich, dass er ins Gefängnis gekommen ist."

„Aber wir doch auch", wandte Lüdenkamp ein, der inzwischen mit Beos Kaffee zurückgekehrt war und die letzten Worte gehört hatte. „Demnach müssten wir doch auch auf seiner Liste stehen."

„Du hast recht", sagte Brasche. „Das geht mir schon die ganze Zeit im Kopf herum: Warum standen wir nicht auf seiner Liste?"

„Das weiß ich nicht", antwortete Lüdenkamp. „Aber ich will es auch gar nicht wissen. Was mich aber noch interessieren würde: Warum hat Bergen Herrn Wulf nichts angetan? Außer, ihn zu nerven?"

„Das werden wir ihn gleich fragen."

„Dabei kann ich vermutlich nicht anwesend sein?", vermutete Beo, der interessiert zugehört hatte.

„Nein, das geht nicht. Aber ich hätte nichts dagegen, wenn du dich im Nebenraum aufhältst." So würde Beo den Fortgang der Vernehmung verfolgen können, ohne von Bergen wahrgenommen zu werden. Man konnte nämlich vom Nebenraum aus durch den großen Spiegel an der Zwischenwand alles sehen. Außerdem gab es eine akustische Verbindung.

Die anderen hatten ebenfalls keine Einwände.

An der Reihe

Es ging weiter. Bergen machte einen sehr unsicheren Eindruck. Ihm war in der Zwischenzeit vermutlich klar geworden, dass es sehr schlecht um ihn stand.

Brasche begann: „Herr Bergen, haben Sie uns etwas zu sagen?"

„Nein", war die knappe Antwort. Danach verstummte Bergen wieder, wie zu Beginn der Befragungen.

„Gut", sagte Brasche. „Dann sagen Sie uns doch bitte mal, was Ihnen Herr Wulf getan hat, und was Sie mit ihm vorhatten."

Keine Reaktion.

„Herr Bergen", schaltete sich Lüdenkamp ein. „Über eins sollten Sie sich im Klaren sein: Sie können hier reden oder nicht. Das ist ziemlich egal. Die vorhandenen Indizien reichen aus, um Sie für ein paar Jahre hinter Gitter zu bringen. Dieses Mal bei uns in Deutschland. Wenn Sie sich allerdings dazu bequemen könnten, ein paar Dinge aufzuklären, dann würde sich das sicher nicht zu Ihrem Nachteil auswirken."

Keine Reaktion.

„Na gut", sagte Brasche. „Dann brechen wir hier ab. Es reicht auch so für eine Anklage."

Bergen räusperte sich. Dann sagte er mit der rauen Stimme von Maarten:

„Mit Beo bin ich noch nicht fertig, weil er nicht richtig mitgespielt hat."

Beo spürte einen kalten Schauer im Rücken. Das war exakt dieselbe Stimme, die er ein paar Mal im Telefon gehört hatte.

Klokhuis sagte: „Ich würde auch heute noch voller Überzeugung behaupten, dass das die Stimme von Emmenstraat ist. Unglaublich, diese Ähnlichkeit." Und nach einer kurzen Pause: „Herr Bergen, Sie hätten bei der Schauspielerei bleiben sollen. Sie waren doch gar nicht so schlecht. Herrn Wulf haben Sie erfolgreich den Obdachlosen mit der gelbgrünen Schirmmütze vorgespielt. Und der gut gekleidete Herr gestern in dem italienischen Restaurant in Xanten war auch nicht so schlecht. "

Bergen sagte: „'Die Natur hat uns das Schachbrett gegeben, aus dem wir nicht hinauswirken können noch wollen. Sie hat uns Steine geschnitzt, deren Wert, Bewegung und Vermögen nach und nach bekannt werden. Nun ist es an uns, Züge zu tun, von denen wir uns Gewinn versprechen.'"

„Das stammt nicht von Ihnen, oder?", wollte Lüdenkamp wissen.

„Nein, von Goethe."

„Den haben Sie aber offenbar gründlich missverstanden", wandte Brasche ein. „Falls Sie mit Gewinn den Gewinn aus Ihren Rauschgiftgeschäften gemeint haben."

„Wie auch immer", sagte Lüdenkamp. „Dies ist jedenfalls kein Spiel. Kein Schauspiel und auch kein Schachspiel. Hier haben wir es mit real existierenden Menschen zu tun, nicht mit verkleideten Schauspielern oder mit Spielfiguren."

Bergen sagte nichts.

„Was haben Sie eigentlich mit der gelbgrünen Schirmmütze gemacht? Die haben wir nicht bei Ihnen gefunden",

den", fragte Lüdenkamp.

„Die habe ich verschenkt."

„An wen?"

„An so einen armen Obdachlosen. Der hatte keine Mütze und war ganz glücklich."

„Und der sah zufällig genau so aus, wie Sie vorher herumgelaufen sind. Mit den alten dunklen Klamotten und der Schirmmütze", stellte Brasche fest. „Wollten Sie uns so von Ihrer Spur ablenken?"

„Quatsch!", sagte Bergen. „Ich habe den Penner zufällig entdeckt, als ich Beo beobachtet habe. Hier in Wesel. In Duisburg habe ich mich dann genau so angezogen, um Beo ein bisschen zu verunsichern.

Beo knurrte: „Das ist dir auch hervorragend gelungen." Dann fiel ihm ein, dass die Vernehmungsrunde nebenan ihn gar nicht hören konnte.

„Und hier in Wesel?", fuhr Brasche fort.

„Hier in Wesel brauchte ich gar nichts zu machen. Das hat der Penner schon für mich besorgt."

„Und als Sie den nicht mehr brauchten?", fragte Lüdenkamp.

„Er hat seinen Job gut gemacht und hat dafür auch etwas Geld bekommen", sagte Bergen. Das habe ich ihm zugesteckt, ohne dass er es bemerkt hat."

„Und warum haben Sie ihn dann zum guten Schluss umgebracht?", wollte Brasche wissen.

„Umgebracht? Wieso umgebracht?", rief Bergen erregt.

„Sie wissen also nicht, dass er tot ist?", fragte Lüdenkamp.

„Tot?", fragte Bergen. „Wieso tot? Als ich ihm die Mütze geschenkt habe, war der noch quicklebendig!"

„Sie haben also nichts mit seinem Tod zu tun?"

„Nein!"

„Nun gut. Das werden wir nachprüfen. Und was ist mit Herrn Wulf?"

„Wieso mit Herrn Wulf? Der ist doch nicht auch tot? Damit habe ich nichts zu tun!"

„Nein, Herr Wulf erfreut sich bester Gesundheit. Aber was hatten Sie mit Herrn Wulf vor, nachdem Sie die beiden Drogendealer so kaltblütig umgebracht haben?", wollte Lüdenkamp wissen.

Beo war auf seinem Beobachtungsposten aufs Äußerste gespannt. Was würde Bergen antworten? Dann hörte er, allerdings wieder mit der normalen Bergen-Stimme:

„Er hätte keine Chance gehabt. Sobald ich das Geld eingesackt hätte, wäre er dran gewesen."

„Was verstehen Sie unter ‚dran gewesen'?", fragte Lüdenkamp.

„Na, eben dran gewesen, wie die beiden anderen."

„Sie geben also zu, dass Sie Harmsen und Offenbach umgebracht haben?"

„Ja ja ja! Und ich bin stolz darauf, dass ich das für Maarten erledigen konnte."

Vorlesung

„Herr Bergen", sagte Melters. „Nachdem Sie jetzt erfahren haben, dass es gar keinen Überfall gab, und dass demzufolge die Vorwürfe von Herrn Emmenstraat gegen Herrn Wulf völlig aus der Luft gegriffen und unberechtigt sind: Würden Sie auch jetzt noch sagen, dass Herr Wulf es verdient hat, umgebracht zu werden?"

Melters wollte Bergen offenbar eine Brücke bauen. Der ging aber gar nicht auf dieses Angebot ein.

„Ja sicher", antwortete er. „Wenn ich könnte, würde ich ihn auch jetzt noch umlegen. Er ist doch schuld, dass Maarten so leiden musste! Genau wie die beiden anderen!"

„Sprechen Sie von dem Maarten, der Sie so heimtückisch reingelegt hat", fragte Brasche.

„Ich glaube das nicht. Außerdem spielt das gar keine Rolle. Ich würde das für Maarten jederzeit wieder tun."

„Soll ich Ihnen dazu noch ein Zitat aus Maartens Tagebuch vorlesen?", fragte Klokhuis.

„Nein", antwortete Bergen. „Das will ich gar nicht hören. Außerdem steht gar nicht fest, dass Maarten das geschrieben hat."

„Doch, das steht fest", erwiderte Klokhuis. „Wir haben selbstverständlich die Handschrift überprüfen und vergleichen lassen. Es ist die Schrift Ihres Freundes Maarten."

„Sie können mir viel erzählen! Sie wollen mich nur aufs Glatteis führen!", polterte Bergen mit hochrotem Kopf los. „Das wird Ihnen nicht gelingen!"

„Ich lese einfach mal", sagte Klokhuis sehr ruhig. „Sie müssen ja nicht zuhören. Also, hier steht: ‚Pitter ist genau der Richtige für meine Pläne. Einerseits ein ziemlich begabter Schauspieler und stolz darauf, dass er in meinem Literaturkreis eine besondere Rolle einnehmen darf. Andererseits ist er ein bisschen schlicht und nicht in der Lage, mich zu durchschauen. Dazu reicht es einfach nicht. Er ist gutgläubig wie ein kleines Kind, und er ist mir sofort - ohne jeden Argwohn - auf den Leim gegangen. Ich bin gespannt, wann und wie er seinen Auftrag erledigt. Dass er es tut, daran habe ich keinen Zweifel. Hoffentlich erlebe ich das noch.'"

Bergen holte einmal tief Luft; er sagte nichts, hörte aber offenbar ganz genau zu. Klokhuis fuhr fort:

„Diese Stelle ist sicher auch für Sie interessant: ‚Ich schätze, dass meine drei besonderen Freunde schon ihr Testament machen können. Das Rätsel mit den Namen dürfte er bereits gelöst haben. Da kann es nicht allzu schwer für ihn sein, sie aufzustöbern. Die Spur ist gelegt, und Pitter hechelt schon wie ein Jagdhund.'"

Bergen schüttelte sich einmal heftig, so als wenn er einem Regenschauer ausweichen wollte. Dann forderte er Brasche auf: „Machen Sie weiter."

„Also, noch einmal: Was hatte Sie mit Herrn Wulf vor?", hakte Brasche nach.

„Ich hatte ihm schon einen wunderschönen Platz ausgesucht. In der Holzskulptur, hinter der er seinen Rucksack mit dem Spielgeld abgelegt hat. Da hätte er dann auf dem Eichenbalken sitzen und von den Blüten träumen können. Die passenden gelben Gummistiefel habe ich ihm übrigens schon verpasst. Größe 43."

„Das war natürlich wichtig", sagte Melters. „Herr Bergen, wie haben Sie eigentlich die Ablageorte für Ihre Opfer ausgesucht?", wollte Meters wissen. „Alle drei – wenn wir mal den Ort für Ihr potenzielles Opfer, Herrn Wulf, mitrechnen – sind Kunstwerke, die in einem ideellen Zusammenhang stehen: Sie symbolisieren Himmel und Erde. Was hat das mit Ihren Opfern zu tun?"

„Es gibt mehr Dinge zwischen Himmel und Erde, als Eure Schulweisheit sich träumen lässt", rezitierte Bergen.

„Ja und?", fragte Brasche. „Was haben die beiden Toten mit Shakespeare zu tun?"

„Gar nichts", antwortete Bergen. „Ich hasse dieses ganze hochgeistige Geschwafel von ‚ideellen Zusammenhängen' und ‚himmlischen Symbolen'. Die Skulpturen habe ich einfach nur deshalb ausgesucht, weil sie sich so gut dazu eigneten, die drei Blödmänner so zur Schau zu stellen, wie sie es verdient haben. So wie im Mittelalter am Pranger. Die standen auch an solchen Orten, wo sie von möglichst vielen gesehen werden konnten."

„Aha", sagte Lüdenkamp. „Mit ‚Blödmänner' meinen Sie vermutlich Ihre Opfer?", fragte er dann.

„Ich meine die Blödmänner, die dafür verantwortlich sind, dass Maarten jetzt tot ist."

„Das Künstlerische an den Skulpturen hat Sie also überhaupt nicht interessiert?", fragte Melters.

„Ach, lassen Sie mich doch mit dem Quatsch in Ruhe!", erwiderte Bergen erregt. „Ich hätte auch Mülleimer oder Papierkörbe genommen, wenn sie groß genug gewesen wären."

Die übrigen Anwesenden schauten sich an. Sie waren sich einig. Brasche sprach dann aus, was alle dachten:

„Herr Bergen. Wir machen hier am besten erst einmal Schluss. Es gibt sicher noch viele weitere Fragen. Die müssen aber später und an anderer Stelle geklärt werden. Ihnen ist hoffentlich klar, dass es nicht gut für Sie steht?"

„Das habe ich schon begriffen", antwortete Bergen.

„Sie werden wohl wieder im Gefängnis landen. Dieses Mal für einige Jahre", sagte Lüdenkamp. „Sind sie darauf vorbereitet?"

„Wenn alle Stricke reißen, häng' ich mich auf!", erwiderte Bergen.

„Na na", sagte Brasche. „Das doch wohl nicht!"

Bergen kicherte. „War nur ein Scherz. Ist übrigens nicht von mir, sondern von Nestroy. Der ‚Einen Jux will er sich machen' geschrieben hat. Den Weinberl habe ich mal im Duisburger Theater gespielt. Ist schon ein paar Jahre her." Er seufzte tief.

Beo, der im Nebenraum aufmerksam zugehört hatte, saß plötzlich ganz gerade auf seinem Stuhl. „Der Weinberl!", murmelte er. „Ja sicher! Er ist jetzt ein ganzes Stück schlanker als damals auf der Bühne. Aber das Gesicht und die Stimme! Der Typ hat damals den Weinberl gespielt. Haben wir gelacht!"

Inzwischen war die Vernehmung weitergegangen.

„Eins würde mich zum Schluss noch interessieren", hatte Brasche gefragt. „Woher haben Sie eigentlich die vielen gelben Gummistiefel in den unterschiedlichsten Größen?"

Bergen blickte stolz in die Runde. Dann sagte er:

„Kürzlich gab es ein unglaublich günstiges Angebot im Internet. Da muss man immer ganz schnell sein."

„Ja und?", hakte Lüdenkamp ungeduldig nach.

„Die hatten da einen Restposten. Wunderschöne gelbe Gummistiefel mit kleinen Fehlern. Da habe ich gleich richtig zugeschlagen."

„Aha. Und was machen Sie jetzt mit den übrig gebliebenen Stiefeln? Sie haben doch erst drei Paar verbraucht", wollte Lüdenkamp wissen.

„Vier Paar", korrigierte Bergen. „Sie haben wahrscheinlich die Stiefel für Beos reizende Frau Enna vergessen."

Beo zuckte auf seinem Beoachtungsposten zusammen. Er war mit seinen Gedanken kurz bei Enna in London gewesen.

„Also, was ist mit dem Rest", hörte er Lüdenkamp fragen.

Bergen fixierte Brasche und Lüdenkamp abwechselnd ein paar Sekunden lang mit einem merkwürdigen Lächeln. Dann fragte er - mit der leisen, rauen Maarten-Stimme: „Welche Schuhgröße haben Sie eigentlich?"

Ende

Vom selben Autor im Verlag Books on Demand erschienen:
Der 1. Niederrhein-Krimi mit Beo & Enna und den Männern vom KK 11

Der gefleckte Stier
Niederrhein-Krimi

2. Auflage März 2010, 180 Seiten, 11,90 €

ISBN: 978-3-8370-4595-6
Herstellung und Verlag:
Books on Demand GmbH, Norderstedt

 Erhältlich bei
 iTunes, audible.de, amazon.de ...
als Hörbuch (Autorenlesung)

Im Kommissariat 11 der Kreispolizeibehörde Wesel geht es nicht mit rechten Dingen zu: Schreibkraft Enna hat Erscheinungen. Hauptkommissar Obermann verliert nicht nur seine Haare. Und Botenmeister Möller wird an Orten gesehen, wo er eigentlich gar nicht sein kann. Dann geschieht ein Mord. Mitten im KK11. Obermanns Kollegen ermitteln sich mit List und Tücke durch diesen mysteriösen und spannenden Fall.

„Der gefleckte Stier *heißt ein neuer Krimi von Friedrich Bornemann, der seine mit Witz und viel Situationskomik gespickte Geschichte in Wesel ansiedelt*".
(Librarium, Xanten)

„Eine vergnüglich-unterhaltsame Lektüre."
(Neue Rhein Zeitung, Wesel)

„Bornemann tummelt sich wie ein Routinier im Genre Niederrhein-Krimi. Er würzt seinen Plot mit der traditionellen Mischung aus seltsamen Figuren, latenter Spannung und einer Prise Humor. Die Story liest sich locker-flockig und hat sogar ein klassisches Happy-End."
(Der Weseler)

Vom selben Autor im Mercator-Verlag erschienen:
Der 2. Niederrhein-Krimi mit Beo & Enna und den Männern vom KK 11

Der Fall de Mol
Niederrhein - Krimi

1. Auflage 2011, 192 Seiten, 9,90 €

ISBN: 978-3-8746-3495-3

Verlag: Fachtechnik + Mercator-Verlag, Duisburg

Auf der Bislicher Insel bei Xanten wird der 80-jährige Egon Bullmeier von seiner Frau mit einem Kartoffeltopf erschlagen. Ihre Enkelin Anne Nielsen findet in dem kleinen Häuschen der Großeltern geheime Unterlagen über einen Flusstunnel, der in Wesel den Rhein unterquert.
Am Deich bei Wesel-Büderich wird der niederländische Drogenboss Bernard de Mol von der Polizei gefasst. Bei ihm werden ebenfalls Hinweise auf den Weseler Flusstunnel gefunden.
Wo liegt der Tunnel, und was haben die Bullmeiers mit de Mol zu tun? Kriminal-Hauptkommissar Brasche vom K11 der Kreispolizei Wesel und sein Kollege Lüdenkamp versuchen das Rätsel zu lösen.
Anne Nielsens Freunde Beo und Enna Wulf, die eine private Detektei betreiben, machen sich ebenfalls auf die Suche nach dem ominösen Tunnel. Keiner ahnt, welches Geheimnis dieser seit vielen Jahren birgt.

„Friedrich Bornemann hat einen Krimi geschrieben, der durch das dezent eingesetzte Lokalkolorit und die realistischen, sympathischen Figuren fesselt."
(aus der Kundenzeitschrift der Buchhandlung Lesenswert, Duisburg)

Vom selben Autor im Mercator-Verlag erschienen:
Der 3. Niederrhein-Krimi mit Beo & Enna und den Männern vom KK 11

Kling Glöckchen
Niederrhein - Krimi

1. Auflage 2011, 176 Seiten, 9,90 €

ISBN: 978-3-8746-3494-6
Verlag: Fachtechnik + Mercator-Verlag, Duisburg

Auf einer Baustelle am Großen Markt in Wesel, wo Stück für Stück die Historische Rathausfassade wieder ersteht, wird ein Toter entdeckt. Er liegt unbekleidet auf einer Palette, die hoch oben am Haken des Baukrans baumelt.
Im benachbarten Willibrordi-Dom gerät das Glockenspiel völlig außer Kontrolle. Statt des vorgesehenen ‚Ännchen von Tharau' spielt es plötzlich einen aktuellen Pop-Titel von Lena.
Bei ihren Ermittlungen lassen sich die Beamten vom KK 11 der Weseler Kriminalpolizei von Privatdetektiv Beo Wulf helfen, der einen Zusammenhang zwischen den beiden mysteriösen Fällen aufdeckt.

„Erstmals in unserer Firmengeschichte wird eine unserer Baustellen zum Schauplatz eines Kriminalromans. Dabei ist die tatsächliche Geschichte des historischen Rathauses in Wesel genauso spannend wie das fantasievolle Buch "Kling Glöckchen" des Krimiautors Friedrich Bornemann."
(aus dem Jahreskalender 2012 der Bennert-Gruppe, Hopfgarten/Thüringen)

Vom selben Autor im Verlag Books on Demand erschienen:

Friedrich Bornemann (Herausgeber)
Harmonika & Poesie
- Akkordeon, Bandoneon, Mundharmonika und Ziehharmonika in Gedichten und Geschichten -

von Rose Ausländer, Manfred Hausmann, Barbara Honigmann, Hanns Dieter Hüsch, Annie Proulx, Rainer Maria Rilke, Joachim Ringelnatz, Kurt Tucholsky und anderen.

März 2009 . 124 Seiten . 11,90 Euro

ISBN: 978-3-8370-7180-1
Herstellung und Verlag: Books on Demand GmbH, Norderstedt

„Ein wunderbares Geschenk für Harmonikaliebhaber aller Art."
(akkordeon magazin)

„Eine interessante Mischung, die nicht in einem Zug gelesen, sondern in Abschnitten genossen werden sollte."
(Akkordeon INFO, Eidgenössischer Harmonika- und Akkordeonmusikverband, Schweiz)

„Üblicherweise begegnet man solchen Textstellen eher zufällig. Es ist sehr angenehm, wenn man so einschlägige Hinweise in einem gesammelten Kontext vorliegen hat."
(Harmonika-Forum des Österreichischen Harmonika-Verbandes)

„Die Literaturbeispiele aus mehr als 100 Jahren sprechen nicht nur Akkordeonspieler an, sondern auch viele andere Literatur-Interessierte."
(Niederrhein Nachrichten)